AF606357

altamarea

Primera edición en esta colección: septiembre de 2025
Segunda edición: enero de 2026
Tercera edición: febrero de 2026
Cuarta edición: marzo de 2026
Quinta edición: abril de 2026
Sexta edición: mayo de 2026

altamarea.es
altamarea@altamarea.es

Diseño de la colección: Sara Maroto Hebrero
Corrección: David Gargallo

ISBN: 978-84-10435-32-2
DL: M-15998-2025

Impreso en España por Solana e Hijos Artes Gráficas en mayo de 2026

PILAR
ASUERO

Las cabras

BARLOVENTO

Nada se pierde con vivir, ensaya.
ENRIQUE LIHN

Son tan ligeros y sin embargo pesan.
ELISA DÍAZ CASTELO

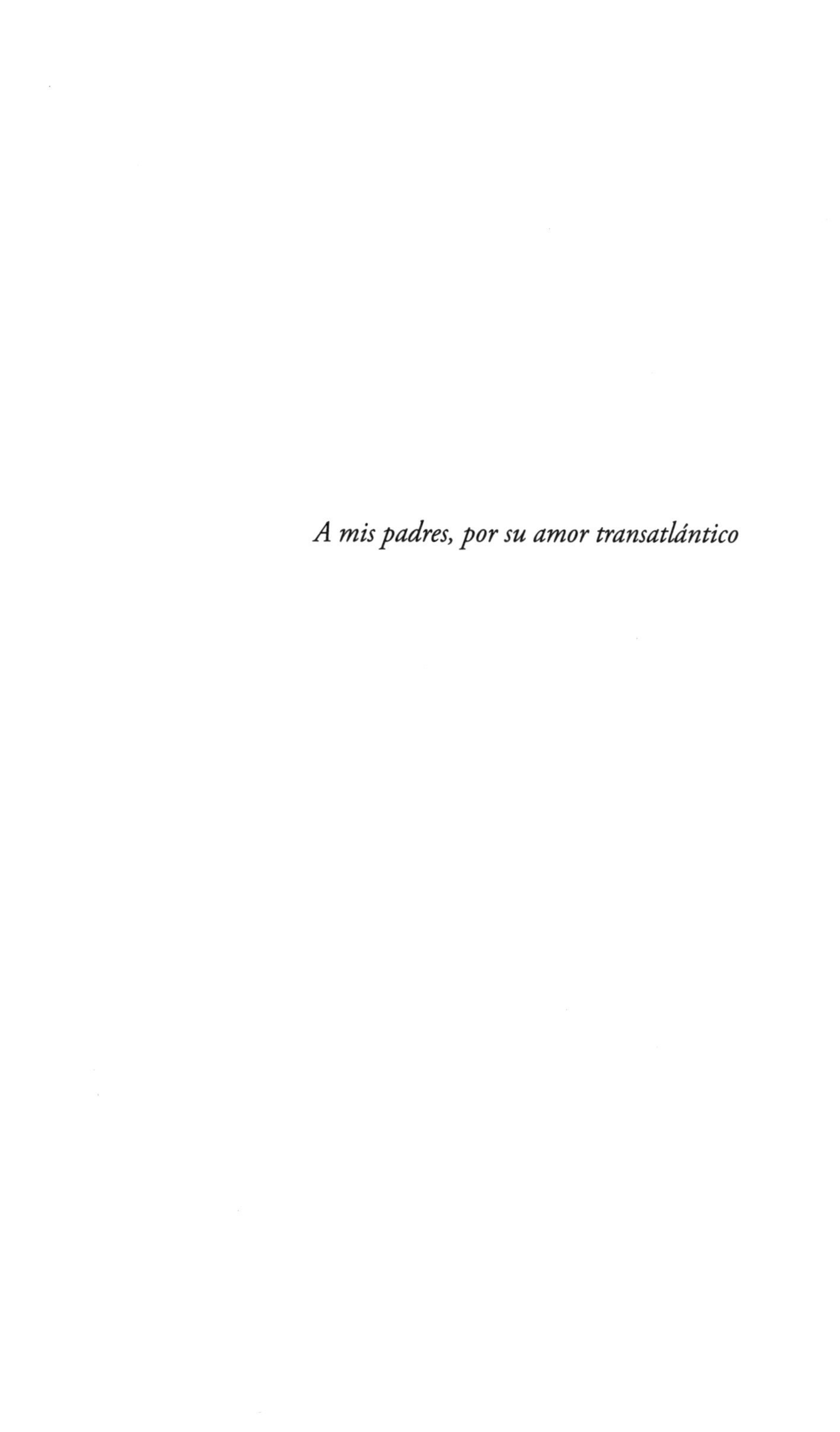

A mis padres, por su amor transatlántico

Primer trimestre

PA CUÁNDO LA GUAGUA

Es la primera foto que veo de la Sofi en que sé que está embarazada. Está de pie, bien derechita, con una mano bajo el vientre que tiene el tamaño de un globo apenas inflado. Los dedos están rígidos, como si no reconocieran esa piel exigida de más. Su pololo la abraza y sonríe tan pleno que me genera sospecha. Todavía no me lo creo, no lo concibo, me parece que la foto está trucada por una IA o que la Sofi se comió un plato gigante de porotos granados, y la guata inflada es pura hinchazón, un montón de peos.

Bloqueo el celular y lo dejo sobre la cama. Miro la montaña de ropa que me queda por guardar en el clóset casi lleno. Me siento un niño que no es capaz de encajar el cubo en el lugar del cilindro de su juguete, pero lo intenta de todas formas con un ímpetu obstinado. Suspiro. Vuelvo a desbloquear el celular. Mantengo la mirada de la Sofi, busco en sus ojos el miedo, la inseguridad, pero solo me devuelven una alegría insulsa. Mis amigas ya deben haberle tocado la guata, apoyado las orejas para convencerse de que escuchan algo, de que sintieron una patadita. Yo me estoy perdiendo todo eso.

Salgo de Instagram y me meto a la carpeta de favoritos de mi rollo fotográfico. Abro el video de una de nuestras noches de carrete. La Sofi está intentando hacer una invertida en un paradero, pero la hace chueca o cae de rodillas o se tira al suelo a cagarse de la risa. Me acuerdo de que llevábamos esperando la micro veinte minutos. Irarrázaval estaba más solitaria que nunca a esas horas, y nosotras, por terquedad o cansancio, confiábamos en el Google Maps. Ya viene, ya viene, tranqui, decía la Majo que se negaba a pagar un Uber. Nuestras salidas estaban marcadas por esos limbos entre la previa y la fiesta, por esos momentos que nos exigían detenernos y esperar. El limbo esa noche era una avenida desierta de Santiago a los pies de una luna que no estaba llena ni menguante.

Nos reíamos de cualquier cosa, de las micros que doblaban en la esquina y nos ilusionaban, del baile de Chapulín de la Cata que se hacía pipí, de la mueca de viejo curao que hacía la Majo después de cada frase. El chaleco de piscola se nos quedó corto en esa noche de invierno y, en la necesidad de entrar en calor y por la efervescencia de llevar tres vasos en el cuerpo, recordamos nuestros días de gimnasia artística y nos turnamos para hacer la invertida en la vereda irregular. A la quinta acrobacia ya habían volado las chaquetas y los polar y estábamos a puro croptop, reservados hasta entonces para lucirse en la disco abarrotada y no en un paradero vacío bajo la luna. Quedó este video de registro. Noto que en una esquina de la vereda se ve el charquito de pipí de la Cata y se me escapa la risa.

Regreso a la foto. Pongo el pulgar justo en la guata y hago doble clic para darle like. La Sofi me devuelve una sonrisa sutil, no descarada como la de esa noche, que parecía un pedazo de sandía rojo y guasón. Me meto a los comentarios, los dos primeros son de la Majo y la Cata. Ambas expresan las ganas que tienen de ser tías. Una parte de mí quiere participar de ese delirio colectivo en que obviamos que la Sofi se está adelantando, que tenemos veinticuatro años, que está teniendo un embarazo adolescente, que es muy chica, que qué cresta estai haciendo, amiga. Antes de apretar enviar, borro todo el mensaje que acabé con muchos !!!!!!!, y en cambio comento un corazón blanco.

No puedo compartir la ilusión de mis amigas porque desde hace un mes vivo en otra parte bien lejos de nuestro país larguito. En un país de Europa. Ahora mismo no importa cuál ni tampoco la ciudad, porque cuando se está al otro lado del charco Europa es Europa. Un solo país en que la micro se llama bus y nunca se atrasa. En que incluso el paradero te avisa con precisión los minutos que se va a demorar. Un solo país en que, de alguna forma, hay menos momentos de espera.

Desde que me fui de Chile he intentado cambiar el chip a personaje principal al que le pasan cosas, al que ya se le acabó su etapa pasiva de esperar a que algo emocionante perturbe su rutina. Quería creer que el momento lo había decidido yo. Había elegido un camino que me acercara a profesionalizar mi escritura o, al menos, a intentarlo. Porque ya estaba cansada. Me había pasado dos años completos desde que acabé la universidad bailando de un trabajo precario a otro, esperando ese milagro que condujera mi vida al éxito. La ansiedad me comenzó a trepar por la patas, sentía que el tiempo se me deshacía entre las manos.

Comencé a escribir una lista de autoras que publicaron su primera novela después de los treinta años:

Carmen Martín Gaite 31
Nona Fernández 31
Leila Slimani 32
Virginia Woolf 33
Annie Ernaux 34
Diamela Eltit 34

Siri Hustvedt 37
Claudia Salazar Jiménez 37
Camila Sosa Villada 37
Laura Esquivel 38
Toni Morrison 39
Kate Chopin 40
Agosta Kristof 51
Isak Dinesen (Karen Blixen) 52
Harriet Doerr 73

En mi lista hay quince nombres en total. No me he dedicado a buscarlos de forma compulsiva, dejo que me refresquen como la brisa de la noche al salir de una disco llena. Mis únicas certezas son quince nombres que empezaron a ser alguien después de los treinta. Tengo veinticuatro años, hay tiempo. Supongo. Tenemos veinticuatro años y la Sofi está embarazada.

Esos nombres me bajan los niveles de ansiedad, por lo menos un ratito. Elegir dedicarme a la escritura es quizás la decepción más grande que le he dado a mis papás después de estudiar Letras Hispánicas. ¿No crees que sería mejor periodismo?, insistió mi papá con una sonrisa manipuladora. Y yo no, que no, que lo mío son las letras, leer gente muerta, viva, encontrar paralelismos entre un poema de Safo y una canción de Shakira. Le consolaba al pobre saber que al menos tenía la salida de la enseñanza, pero me di cuenta pronto de que no tenía ni la paciencia ni las ganas de ser peloteada por un grupo de cuarenta cabros chicos atravesados por un descontrol hormonal. No, ni cagando, gracias. Así que les pinté lo de la escritura un poco como una salida válida, les puse ejemplos realistas, claro: Isabel Allende, J. K. Rowling, Stephanie Meyer… El detalle de que la literatura que me interesa es la que casi nadie lee me lo ahorré. Yo tenía mi lista de escritoras tardías y mis papás, de escritoras que habían conseguido pagar una propiedad con sus libros.

Así no les molestaba tanto lo de los trabajos precarios, esos malabares que hacía entremedias para escribir un relato que enviar a un concurso, empezar por octava vez una novela que terminaba borrando, que me gastara la poca plata que ahorraba en talleres literarios y en las chelas de después. Ya me había vuelto experta en evadir el ¿pero ya terminaste de escribir esa novela tuya que me habías contado? Sentía esa pregunta como la que hace tu tío indiscreto en el almuerzo familiar: ¿y el pololo, mijita? O como la que les hacen a las mujeres que se acercan a los treinta: pa cuándo la guagua.

Pa cuándo la guagua, Sofi. El parto está programado para mayo. La Sofi ya tiene cuándos, tiene planes. Está obligada a tenerlos, a organizarse. Ahora hay otro ser que depende de ella, su espera está dirigida a una responsabilidad absoluta. Su espera es importante, su espera sí que es creadora. Yo puedo crear con palabras, puedo generar párrafos, textos completos. Pero mi amiga está creando brazos, manos, órganos, un corazón, un cerebro que va a ser capaz de crear por sí mismo en un futuro.

Yo estaba en Santiago tanteando entre cuándos inciertos, en planes inacabados, en una posible escaleta de novela que no tenía ni pies ni cabeza. Tenía un torbellino mental que se mezclaba con mi hastío diario. La decisión de irme a esta ciudad de Europa fue un poco esa insistencia en un plan, un ya está bueno de mi papá que se cansó de ver a su niñita matea pululando en trabajos de «cualquier cosa». La disfracé de camino literario, al tratarse de una ciudad en que seguro tenía más oportunidades. Así, cuando volviera después de nueve meses, después de una gestación lenta, y me preguntaran ¿ya está listo tu best-seller?, podría decir que no tranquila, porque al menos estaría facturando en euros.

La Sofi me contó lo del embarazo por videollamada una semana después de irme. Todavía estaba buscando departamento y vivía en una pieza compartida de un hostal con un montón de gringas. Recuerdo que para mí eran la una de la mañana y para mis amigas las ocho de la tarde. Así que tuve que cubrirme con la sábana para no molestar y susurrar cada cosa que decía. La Majo ya lo sabía, solo la Cata y yo estábamos recibiendo la noticia por primera vez. Me reí y asumí que era broma, pero cuando vi a la Cata llevarse las manos a la boca y negar con la cabeza, no supe qué decir. Porque antes con veinticuatro ya se te estaba pasando el arroz y ahora parece que es demasiado pronto. La Sofi está sumergiéndose en una espera que no se nos exigiría hasta un tiempo más, incluso nunca, porque ahora las cosas parecen un poquito mejores, un poquito distintas.

Intenté leer la mirada de mi amiga en esa imagen pixelada. ¿Estás contenta? ¿Tengo que alegrarme yo también? Se me vinieron a la cabeza tres personas a las que podía hablarles para conseguir misoprostol. La Sofi era una de ellas. Yo veía mis ojos de terror reflejados en los de la Cata. Una proyección de miedos inevitables, de recordar a nuestras madres cansadas de cuidar, de ponerse en el peor escenario, hartas de entregarse y de dejarse de lado. Pero la Sofi sonreía. Como quien no quiere la cosa, me aseguré diciendo ¿pero, amiga, nos alegramos o…? Me interrumpió: sí, Cami, nos alegramos. Y hubo un suspiro que traspasó ondas y cables y de repente estábamos todas riéndonos como esa noche en Irarrázaval. Me sentí tan cerca de mi amiga y a ella la sentí tan segura, a pesar de que se estaba lanzando a un vacío sin tener ninguna certeza salvo que nosotras estaríamos abajo, atajándola.

LEJOS ES INCERTIDUMBRE

Mi mamá no es chilena. Habla distinto. Dice *la pijama,* usa el *vos,* el *sos,* y entona las palabras con una melodía suave, no como en Chile, que parecemos pollitos piando cada vez que terminamos una frase. Compartimos el español, pero el de mamá es el de Nicaragua y el mío el de ese país larguito. Dos mundos opuestos, únicos. Ella le dio la espalda a su español primigenio, y aunque mantiene resistencia en ciertos aspectos, ahora *putea* cuando maneja, dice *conchesumadre, hueón,* incluso se le escapa el *po* y el *cachai.*

Nos ha contado miles de veces la anécdota de cuando se sentía enferma en su primer trabajo en Chile. Estaba afiebrada. Se acercó a su encargado y le dijo que tenía calentura. Las otras secretarias se rieron por lo bajo mientras él se aflojaba el cuello de la camisa, demasiado apretado, y carraspeaba incómodo. Señora, Lara, así no se dice aquí. Pero mamá insistía en que tenía calentura, mire, decía, tóqueme, y le llevó la mano a su frente. Más risas. En la cara enrojecida del encargado y en las carcajadas de sus compañeras, mamá comprendió que algo del mensaje no se había entendido, que se había malinterpretado. En medio de esa vergüenza y esa confusión, tuvo que cerrarle una puerta a su lengua materna y abrazar la que juntó a la suya después de darse el sí, acepto.

Ella se fue lejos por amor, o eso es lo que me gustaba pensar. A medida que crecía me fui dando cuenta de que la vida es más compleja que querer o no querer a alguien. Que un vestido de novia no soluciona nada, sino que, de hecho, enreda más. Comprendí que, de cierta forma, mamá salió arrancando. Necesitaba un punto de fuga de una vida que no la llenaba y la estaba asfixiando de a poquito. Y eligió a mi papá. Y con papá eligió a Chile. Y con Chile, a Santiago. Nadie le advirtió que Santiago está lleno de smog y que es una de las ciudades del mundo en las que más cuesta respirar.

La imagino dar bocanadas de aire mientras yo me concentro en no hiperventilar. La ventana de mi nueva pieza da a un patio interior. La abro, respiro, visualizo el aire entrar por las fosas nasales y llegar hasta los pulmones, pero esta noche bochornosa lo vuelve más difícil. Contemplo el espacio: la maleta vacía en el suelo, el neceser desparramado sobre el escritorio, las paredes de gotelé, impersonales, la puerta abierta que choca con la cama. Es mi primera noche en el departamento al que llamaré hogar durante un año. O al menos eso dice el contrato. Aunque no dice hogar, dice vivienda. Y yo no soy hija, sino inquilina. Me siento en el colchón desnudo. Recuerdo que no fui a comprar sábanas.

No puedo evitar pensar en mamá en cada paso que doy desde que llegué a este país. En las palabras: cada vez que me sorprendo poniéndome roja porque digo algo que aquí significa otra cosa. Como esa vez en la fila del supermercado que le dije a un hombre al que le estorbaba el paso con el carrito: ay, perdón, me corro al tiro. Me sonrió escandaloso y su mujer se carcajeó con esa risa española que parece sonar tres decibelios más alta que las demás. Y en las acciones: me fui como ella, lejos, bien lejos. Porque Chile está lejos de todo, es el pasillo estrecho de la casa por el que a nadie le gusta pasar porque te golpeas con los muebles y botas los cuadros.

Se me viene a la cabeza la despedida en el aeropuerto y es como si estuviera allí otra vez. Mamá me agarra fuerte la mano, justo antes de irme. Me dice entre lágrimas que ella se fue y ahora soy yo la que se va de ella. Ese pedacito que entregó a esta tierra amarga la deja también. Y yo quiero que seas feliz, me dice, pero no te miento y me da pena y me enoja. Lejos es una palabra muy grande, Cami, es muy importante, no permite ver cuándo se vuelve más cerca o cuándo se convierte en reencuentro. Lejos es incertidumbre, mi niña.

Quizás sí que es un patrón, algo que me viene de mamá, esas ganas de salir arrancando. Me gusta creer que elegí incomodarme, imponerme una independencia. Porque quiero que todos mis vínculos sean decisiones y no necesidades. Y es probable que se me haga cuesta arriba porque voy a necesitar de ese amor que dejé tan lejos. Ese amor que buscaré en lugares incorrectos, que rasparé como las sobras de una palta que se queda negra en el plato. Y tal vez me pierda en esa necesidad, y tal vez dependa y vuelva otra vez a un lugar incierto, y me sienta lejos, pero de mí misma.

En un último vistazo hacia atrás me quedo con la imagen de sus ojos tristes y la manito floja diciendo adiós como una niña. Me quedo con esa mirada de pena, proyectada en mi silueta que desaparece tras las puertas de seguridad. Sé que ve en mi pelo rizado el suyo, en mis huesos flacos los de ella y, en mi determinación, sus propias ganas de salir corriendo.

QUEDAR COMO LA FOME, NUNCA

Mamá nos contaba cuando chicos que el Mati, mi hermano, nació calladito, chupándose el dedo. Tú naciste haciendo un escándalo, me decía, parecía que ya habías conocido todas las desgracias del planeta. Mamá tiene la teoría de que fue porque cuando estaba embarazada, se murió Lady Di y ella se pasó todo el funeral llorando a moco tendido. Parte de esa tristeza se me tuvo que traspasar y resultó ser un problema. La gente carga con tantas bolsas de lágrimas estancadas que no quiere hacerse cargo de las de los demás. Son bolsas ocultas, como el agua que acumulan los camellos para soportar largas temporadas en el desierto. Al principio no sabía esconderlas. Ante lo más mínimo mis lágrimas brotaban como un riego artificial. Y de tanta agua se comenzó a inundar la casa, a arruinarse el suelo de madera y a estropearse los libros. Al primer puchero, mamá rodaba los ojos, y al segundo, papá decía ya está bueno, no pasa nada. Aprendí que la tristeza no podía tener rienda suelta. Que era más amenazante que un perro bravo sin bozal.

Decidí construir una represa para retener mi lloriqueo fácil. Lo logré durante un tiempo, pero el agua y la naturaleza muchas veces son más fuertes. Tenía veinte años y la piedra ya había comenzado a erosionarse. Surgió la primera grieta con la misma facilidad que los hoyos en las pantis. La intenté tapar en vano, quedarme quietecita en casa para evitar el colapso. Pero no tardaron en llegar las recriminaciones, las exigencias.

La noche en que cedió la grieta, no quería ir a la disco. Nos juntamos en el departamento de la Majo a previar. Apenas llegué y vi los vasos ya dispuestos para empezar a tomar, me entró la angustia. Pero si no iba esa noche, cuándo. Las cabras me dirían que era fome y que últimamente ya no iba pa ningún lado, y yo solo hubiera podido decir que sí, que soy una farsante y es verdad, ya nunca voy a ningún lado. Pero no quería explicar la farsa y tampoco sabía explicar esa grieta que me lo impedía. Una a veces saca fuerzas inhumanas para no decepcionar. Y ahí estaba yo, gritando al seco, jugando al nunca nunca, curándome con *Fiebre* de Bad Gyal de fondo mientras mis amigas hacían una competencia de twerk frente al espejo.

Por eso fue un alivio cuando la Sofi recibió esa llamada. Ya estábamos en el paradero esperando la micro que nos llevaría hasta la disco cuando sonó el celular. La Sofi lo sacó de la carterita, tranquila, y saludó a su mamá lo más seria posible, modulando todas las palabras. Se oyó un murmullo angustiado al otro lado del teléfono y a mi amiga le bajó la curadera en un segundo. La Cata gritó ¡la micro!, que justo doblaba en la esquina, pero se calló cuando escuchó el primer sollozo. Vimos al cacharro viejo irse mientras mi amiga se sorbía los mocos. La Majo le agarró la mano libre y le susurró qué pasa. La Sofi negaba y la voz se le ponía cada vez más aguda cuando intentaba responder. No cortó, el celular se le cayó al suelo. Era su abuelo que llevaba enfermito unos meses.

—Se fue mi tata.

Tuvimos que pedir un Uber.

Una de mis manos descansaba ligera en la ventana abierta del auto y la otra se aferraba a la de mi amiga desconsolada. A la Cata le subió el copete justo en ese momento y no era consciente de lo que estaba pasando. Pucha, amigas, nunca salimos, nunca vamos a la disco. Pucha, ¿por qué nos vamos? Devuélvase a Matta, devuelva el auto. Nosotras no sabíamos qué hacer ni qué decir, nos mirábamos con la Majo, horrorizadas. Perdón, Cata, perdona que justo se murió mi abuelo, dijo irónica la Sofi a la vez que volvía a gimotear. Y la Cata resoplaba y cruzaba los brazos. ¡Amiga, córtala!, gritó la Majo y la Cata intentó abrir la puerta. Pare el auto, le dijo al conductor. A mí déjeme acá. ¡Amiga, no, córtala! En ese caos de mocos, balbuceos con olor a copete, gritos y ojos de incredulidad, yo sentía ese alivio culpable. Me preguntaba cómo podía ser una persona tan horrible que prefería estar de camino a una casa que huele a muerte a tener que enfrentar la música a todo volumen, cuerpos sudorosos y curados gritones hasta las cinco de la mañana. Porque enfrentar otra cosa no era opción. Quedar como la fome, nunca.

—Tienen un montón de fines de semana para irse de fiesta. Si son tan jovencitas —comentó el conductor en un segundo de silencio.

El auto se detuvo enfrente del edificio de la Cata, que quedaba de camino, y ella se bajó dando un portazo sin mirarnos.

Ya en la casa de la Sofi, las tres estábamos sentadas en el sillón de la entrada mientras en las profundidades se escuchaban gestiones entre cuchicheos. Éramos tres cabras chicas que se quedan al margen de lo que hablan los grandes. Tres cabras chicas con el delineado corrido, con olor a tabaco y piscola. Nuestras manos unidas como una sola cadena y, en medio, la Sofi hipando. Perdió el polar nuevo en el paradero y ya no sabía si lloraba por el abuelo o por ese The North Face que se había comprado después de ahorrar tanto. La Majo lloraba porque empatiza muchísimo y se pone a llorar cuando otra llora y se muere de la risa cuando otra se ríe. Y yo lloraba de la culpa y el alivio juntos y sentía que la presión se liberaba, que el agua por fin fluía, porque esa noche no fuimos a la disco.

Ahora de nuevo intento quedarme quietecita para que no duela esa grieta que se volvió a resquebrajar con la distancia. Y también para tocar la menor superficie del colchón desnudo. Le puse una polera a la almohada y me estoy tapando con una toalla. Se me descubren los pies a cada rato. Me muevo y el codo roza una parte nueva de la superficie. Me pregunto cuántos cuerpos habrá recibido. Por el olor a cigarro y algunas manchas que tiene, supongo que varios. Es como si hoy también hubiese hecho un viaje largo en un asiento duro e incómodo.

Respiro pausado, me concentro en la respiración y en quedarme dormida. Me siento suspendida en el cielo, inmersa en ese olor a hospital de los aviones que se entremezcla con el de la comida. Percibo la misma turbulencia que me mantuvo con la mandíbula apretada por trece horas. Los ojos hinchados, resentidos por la presión del aire y tanto tiempo sin dormir. La grieta que me atraviesa, más viva que nunca. Quizás es el primer desapego, quizás es parte del proceso, como cuando compras una planta y se pone mustia en el camino de la tienda a la casa.

Sigo aferrada a la idea del espacio. Me apoyé en la excusa de la carrera literaria para tener un fin, un objetivo. Y claro que es un deseo, un proyecto que espero cumplir. Pero la verdad es que una parte de mí simplemente quería dejar todo atrás, como si los sentimientos o la ausencia de ellos fueran una caja muy pesada que no se puede meter en la maleta porque te genera sobrepeso. Una parte de mí solo quería cambiar el ambiente, el hemisferio. A lo mejor la grieta era una cosa de la gravedad. Y me frustraba sentirla así de abierta, cuando la pantalla frente al asiento me indicaba que ya estábamos sobre Portugal. La sentía desde el cuello hasta la punta del dedo chico del pie.

En cuanto el avión aterrizó, lloré con escándalo, como si ya hubiera visto todas las desgracias del planeta.

AH, ¿CANARIA?

Mamá me dijo que cuando llegó a Santiago se sintió empujada por una marea de personas azul, gris y café. Las olas lamían ese día nublado, el cielo oscuro y el frío tan frío que parecía una escultura que se podía recorrer con las manos. Todos se vestían igual, con los mismos colores, todos iban con una cara triste, que solo se animaba un poquito cuando podían parar a tomar un té y fumarse un pucho. Era principios de los noventa, Chile acababa de salir de la dictadura y el horror aún no había abandonado esos cuerpos taciturnos. Mamá, acostumbrada a sus blusas colorinches, al pintalabios rojo pasión de la abuela y a sus pelos locos de peluquera que cambia de look cada semana, se sintió perdida en una página de *¿Dónde está Wally?* Ella era Wally, resaltando con su polera a rayas blancas y rojas en medio de esos abrigos monocromáticos. Cualquier emoción que pudiera haber sentido durante el viaje se había acabado, confesó, vi Santiago y me sentí gris.

A pesar de que lloré con escándalo apenas puse un pie en España, tuve una buena primera impresión. Me enfrenté a un aeropuerto grande, a personas que hablan casi gritando, que no le tienen miedo a escupir cuando dicen las cosas, que te dan la mano, te llaman la atención tocándote el hombro, se paran a ayudarte cuando te ven con cara de no saber si estás en Madrid o en Shanghái. Tuve que dejar de llorar porque no leía bien los letreros y porque ya dos abuelas se habían ofrecido a darme un abrazo y regalarme sus pañuelos de tela. Madrid no es gris. Madrid tiene edificios de colores que brillan bajo un sol encantador que parece dispuesto por un director de escenografía para que se mantenga siempre en su sitio.

Pero ahora, encerrada en mi pieza estrecha y con escasa luz natural, y después de pasar una noche horrible, me siento un poco gris. Al fin tengo un poco de calma después de tanto caos, pero solo me ha permitido sentirme vacía. Creo que el problema es que llevo semanas sin hablar con nadie. No he *hablado* realmente con nadie de carne y hueso.

No me hice amiga de ninguna de las gringas del hostal, nuestras interacciones se limitaban a algunos *hello* y *good bye* tímidos. Así que no cuentan. El tipo que me intentó estafar con una habitación de quinientos euros de dos por dos y sin luz natural, solo porque quedaba en el centro, menos aún. Tampoco cuenta la casera del departamento por el que me decidí. Solo decía sí, no, trescientos ochenta euros, gastos no incluidos, sí, no, armarios empotrados, sí, no. Luego sabría que era de Malasia y, a pesar de llevar veinte años viviendo en España, todavía no dominaba el castellano. Ni mucho menos el conductor del bus al que le grité ¡chao, gracias!, cuando me bajé en mi parada y me dijo ¡nada, guapa!, con una risa sorprendida. Después descubriría que aquí nadie da las gracias al bajarse de la micro y yo me sumiría también en ese silencio malagradecido.

Escucho un tintineo de llaves y un forcejeo con la puerta. No me asusto, ya aprendí que las paredes son tan delgadas que me pasaré el resto del año escuchando cómo mea el vecino de arriba. Pero entonces escucho un «¿hola?», y recuerdo que uno de estos días tenía que llegar mi compañera de departamento. Me levanto rápido, me sacudo la ropa, me peino un poco y me pellizco las mejillas pálidas. Salgo.

—Hola —digo.

—¿Carolina? —sonríe.

—No, Camila.

—Ah, ¿canaria?

—No.

Silencio.

—Chilena.

—¿De Chile? Qué guay.

Se acerca, me da un beso en la mejilla y nuestros labios casi se topan porque intenta darme un segundo pero yo ya me estoy echando para atrás.

—Sorry —digo—, se me olvida que aquí son dos.

—Nada —ríe—, estoy acostumbrada a que me hagan la cobra.

La cobra. Voy apuntando mentalmente las palabras para analizarlas después, para desentrañarlas.

—¿Y tú? —pregunto. Me mira sin entender—. Tu nombre.

—¡Ah! María. —Asiento y sonrío tímida. María, claro, cómo no.

Me quedo en el living mientras ella se acomoda en el departamento. *Piso,* aquí le dicen piso. La miro ir de aquí para allá con sus cajas mientras tararea el ritmo de una canción que no conozco. A veces me hace preguntas. Algunas sobre mí, otras sobre el piso. Yo intento estar casual, observarla solo de vez en cuando. Pero me siento como un animalito en alerta, analizando a un invasor. María es linda. Lo primero que me llamó la atención fue su pelo. Lo tiene corto, rapado por los lados y largo en la parte de arriba. Negro. Sus ojos me recuerdan a los de la Sofi, color chocolate. Es flaca y estilizada. Un poco como la Cata, quizás con menos curvas. Y su forma de hablar me recuerda a la Majo, como queriendo hacerte sentir parte de todo lo que dice. Escucho que golpea el dedo meñique con la pata de la mesa y exclama *¡hostia puta!* Se me derrumba la imagen: no se parece en nada a ninguna de mis amigas.

Hay algo en la ingravidez de sus brazos, en la piel pálida y en los lunares como chispitas de chocolate que sí me recuerdan a alguien. Pone música en el celular y mueve la cabeza de un lado a otro con una sonrisa floja. Me viene a la mente ese verano en Chiloé. Las mochilas de camping con sobrepeso en nuestras espaldas. El olor a sudor, la capa de tierra que parecía no irse nunca de nuestros rostros que llevaban diez días durmiendo en la intemperie. En Ancud vamos a dormir en un Airbnb, estoy chata de la carpa y de pasar frío, sentenció la Cata mientras íbamos apretujadas en la parte trasera de un camión que olía a animal. Escogimos el más barato dentro de los decentes: una pieza con dos camarotes en la casa de una mujer de sonrisa simpática.

Andy nos recibió después de cinco llamadas perdidas y el terror de haber sido estafadas. Perdón, saludó con un acento marcado y nos abrió paso. Miró nuestras zapatillas cubiertas de barro con una mueca en los labios. Este es el cuarto, este el baño. Hay toallas en los cajones, pónganse cómodas. No sabía identificar bien su acento, rusa tal vez. ¿De dónde eres?, soltó la Sofi. Andy tenía el pelo color del trigo y la piel de la leche, no podíamos ver sus ojos porque llevaba lentes de sol. Sus dedos se torcían y alargaban como ramas secas. De Ucrania, dijo. Apoyó el cuerpo delgado en el marco de la puerta de nuestra pieza y nos miró dejar las mochilas en el suelo y quitarnos las zapatillas. Pero llevo aquí veinte años. ¡Veinte años!, exclamó la Majo. ¿Y por qué aquí? Andy sonrió críptica. Cualquier cosa, me avisan, ¿ok?, y desapareció por el pasillo. Me asomé y vi su pelo rubio perderse detrás de una puerta de madera con un espantasueños colgado en el medio.

A pesar de que fue hace solo un par de años, ya casi no me acuerdo de Ancud. Tengo borroso ese viaje en barquito en que vimos pingüinos y creo que delfines. El mercado se me confunde con los otros cinco mercados que habíamos visto a lo largo de la isla. Las noches de carrete son una masa que parece ser una única gran noche de muchas horas. Pero la puerta de madera, el espantasueños destartalado, el pelo de paja de Andy y sus lentes de sol los tengo marcados a fuego. Su forma de moverse por la casa como un alma en pena. Sus brazos blanquísimos que se perdían detrás de la puerta cada vez que se topaba con alguna de nosotras. A veces llegábamos a las cuatro de la mañana y escuchábamos música de los ochenta provenir de su pieza, olor a marihuana y su voz cantando a todo pulmón. A veces presenciábamos el mismo panorama a las dos de la tarde. Nunca comía, solo se hacía un batido con proteínas veganas que tenían pinta de estar vencidas.

Nos mantuvimos varias noches en vela intentado adivinar la historia de Andy. Yo apostaba que había sido un amor no correspondido. Se había enamorado de uno de esos gringos dueños de las salmoneras que estaban echando a perder el mar. Estaba casado, obviamente, con cuatro hijos. Andy le dijo que lo quería completo, que si no se iba con ella le contaría todo a su mujer. Él compró su silencio con una casa de madera en medio de la naturaleza. Le prometió que la iría a ver una vez por semana. Cumplió durante un mes y luego nunca volvió. Andy se aferraba a una única foto para no olvidar los rasgos de su rostro, el color camarón que se le ponía cuando tomaba un poco más de sol de la cuenta. Escuchaba sus canciones favoritas como disco rayado para mantener viva algo de su esencia. Fumaba pito tras pito para recordar el sabor de su boca. Ni cagando, interrumpió la Cata a mitad de mi relato. Yo no hubiera aceptado ni cagando el trato, si la casa es una mierda.

Tal vez estaba escapando, volvía a intentar. Tal vez en Ucrania estaba casada con un mafioso que hacía trata de blancas. Lo habían pillado, al mafioso, y querían atrapar a Andy como cómplice. Había tomado el primer avión que la llevara al fin del mundo. Chile es un poco el fin del mundo. Chiloé, todavía más. Quería olvidar su pasado, no podía sacarse de la cabeza los ojos de esas mujeres jóvenes, de esas niñas de no más de dieciocho años, aterradas, y que Andy ayudaba a entregar a hombres de sonrisa lasciva y que escupían demasiado al hablar. No podía quitarse esas imágenes, esos gritos de desesperación. Un día, ya en Chiloé, se había emborrachado para intentar anestesiar esos recuerdos, pero volvieron con más intensidad, como si estuvieran dentro de la casa de madera con ella. Se desesperó, gritó ella más fuerte, se rasgó los ojos con las uñas. Las cicatrices nunca terminaron de sanar, por eso siempre lleva lentes de sol. El espantasueños es un grito de ayuda. La Majo se rio, too much, ¿o no? Parece teleserie. Me reí también y le di la razón. Simplemente es una hippie a la que no aceptaron en la secta de Charles Mason, sentencié.

María carraspea y me saca de mi ensoñación. La miro y me despista que su pelo sea negro y no del color de la paja. No, no se parece a Andy: el único punto en común es que estoy viviendo en un mismo techo que ella sin saber nada sobre su vida.

SE QUIEREN TANTO, QUE EXPLOTAN

Hacerle la cama bien a alguien es una muestra sincera de amor. Cuando me quedaba a dormir en la casa de mi nona, esperaba el momento de meterme en la cama casi con tantas ganas como sus papas fritas con escalopa para almorzar. Era una cama tan bien hecha. Las sábanas suaves, de algodón, las frazadas pesadas de antes (feas pero calentitas), el cubrecama mullido, el guatero ubicado en el lugar de los pies, porque pies calentitos significaban salud y soñar con los angelitos. El reloj del nono acompañaba mis sueños, con las campanas haciendo jaleo a cada hora y el tic-tac cantando como un grillo. Más que ruido, eran caricias en el pelo y besos de buenas noches en la frente.

Mamá se preocupaba de que mi cama tuviera la sábana y la frazada bien metidas en el colchón. Salía por la mañana hacia el colegio con la cama deshecha y volvía por la tarde con las sábanas pulcras y ordenadas, que olían al rastro de sus manos. De niña, después de que a mí y al Mati nos mandaran a dormir, me gustaba escucharla lavando los platos de la once. Me metía en ese sobre apretadito, y el choque de la loza, el agua corriendo y el tarareo suave de mamá me arrullaban como una canción de cuna.

Cuando era chica, pasé la noche en la casa de la Majo un montón de veces. Me gustaba que su cama de una plaza se convirtiera en un lugar comunitario, donde se expresaban los deseos más sinceros y los miedos más secretos. Antes de dormir, nos quedábamos mirando el techo hasta que una se reía y la otra la seguía, y ya nos enfrascábamos en un ataque de risa de esos que te duele la guata y no puedes respirar. En el silencio que se instalaba tras el ataque, alguna hacía una pregunta que aparentaba ser sencilla, pero terminaba por enredarse como las sábanas a nuestros pies inquietos.

—Oye, Cami, ¿tus papás se quieren? —me preguntó una vez.

Me ardieron los ojos y pestañeé con urgencia.

—Yo creo que no —dije después de un rato.

No entendía por qué me sudaban las manos, y la Majo me las agarró por debajo de las sábanas. Las de ella también estaban pegotes.

—A veces creo que los míos se quieren demasiado —me contestó.

Me dieron ganas de soltarla y tirarle el pelo, pensé que me estaba sacando pica, me sentí tonta por mostrarme vulnerable.

—Se quieren tanto —continuó antes de que yo pudiera decirle nada—, que explotan.

No recuerdo sus palabras exactas, pero me transmitió que sus papás se querían tanto que el amor se les escapaba del cuerpo como a un grifo roto el agua. Se sujetaban de las manos y ella veía cómo los dedos grandes de su papá se quedaban marcados en la piel morena de su mamá. Se querían tanto, pero tanto, que el amor salía de sus bocas como la lava de un volcán. No podían susurrárselo, se lo decían a gritos. Y en esa intensidad, a veces las palabras se distorsionaban. Su amor ardía como la luz del sol a través de una lupa. La Majo presenciaba esos abrazos intensos que terminaban estampando a su mamá contra la pared. Me dijo que le gustaban las noches en que me quedaba a dormir, porque parecía que ese amor tan grande también dormía un poquito.

—Majo —susurré—, ¿me puedo quedar a dormir mañana también?

Me abrazó y apoyó la cabeza en mi hombro. La respiración fue pausándose, pude notar su aliento cada vez más tranquilo en el cuello, y al poco escuché su ronquido suave como un motor a punto de apagarse. Me dormí pensando en nuestro amor chiquitito.

Ahora, sumergida en mi insomnio, recuerdo esa noche mientras me remuevo incómoda. Llevo semanas sin dormir bien. Mis días están llenos de burocracia, de caminatas eternas para preguntar en cada local abierto si les hace falta personal. Intento pasar tiempo con María, hacernos amigas. Pero durante el día casi no coincidimos y por la noche estoy demasiado agotada como para salir a tomarme una cerveza. Y a pesar de estar exhausta, no logro conciliar el sueño.

No soporto ningún ruido: todos me irritan y me producen ganas de arrancarme las orejas. No doy con la postura. La sábana bajera no deja de salirse por las esquinas. La almohada es demasiado baja. Tengo los pies fríos. El del piso de arriba no sé si tiene afición por el *feng shui* o es sonámbulo. Me obsesiona su caminar, el arrastre de lo que sea que arrastra a las tres de la mañana. Cierro los ojos y pienso en el reloj de mi nono, en el tarareo de mamá y en el ronquido suave de la Majo. Pienso en los angelitos con los que soñé todas esas veces. Pero se me ahueca el pecho y en él retumban las bocinas de la calle y la tele del vecino. Necesito un cuerpo a mi lado, escuchar otra respiración que me distraiga de las cotidianidades ajenas y los pasos fantasmales que parecen atormentar todos los departamentos de Madrid. Necesito a alguien que me haga bien la cama.

BUENO, PERO ESTOY CONTENTA

La licuadora hace un ruido ensordecedor en la videollamada, la pongo en silencio mientras la Sofi termina de hacerse su batido verde, de espirulina creo que me dijo. La imagen pixelada me muestra sus dedos flacos voltear el líquido en un vaso; se ve de todo menos apetitoso. Lleva una polera deportiva que se le ajusta al cuerpo y me permite identificar con claridad al globo chiquito que respira en su abdomen. Me distraigo toqueteando la pulserita de hilo rojo que me regaló la Majo antes de irme. Es pa la buena suerte, te va a proteger de las energías negativas y el mal de ojo, dijo. A los quince años empezó a interesarse por todo este mundo holístico. Me sorprendió que se metiera a estudiar ingeniería, yo pensaba que iba a buscar la manera de irse a la India a formarse como instructora de yoga. Pero es verdad que siempre ha sido seca para las matemáticas.

Levanto la mirada de la pulserita y me encuentro a la Sofi en primer plano. Sé que me dice algo porque sus labios se mueven. Le pongo volumen. ¿Qué? Apunta el batido. Es un súper alimento, es muy bueno para la guagua y para mí. Le sonrío y evito preguntarle si eso se lo dijo el doctor o lo leyó en un foro de vigoréxicas.

Nos ponemos un poco al día. Me cuenta que se pasa todo el tiempo con náuseas y apenas puede comer mucho más que batidos, pero que el doctor le dijo que después del tercer mes se le deberían pasar. Me dice que no va a buscar trabajo. La Sofi es matrona. Es un poco tragicómico, se embarazó por accidente cuando es la que mejor se sabe la teoría. Era la más hinchapelotas con el tema de usar condón. Retaba a la Cata una y otra vez porque se tomaba mal las pastillas. Si le contábamos algún encuentro sexual, nos daba una masterclass de ETS no solicitada. Pero bueno, supongo que la calentura a veces obnubila hasta a la más instruida. El chistecito la pilló justo cuando se le había terminado el contrato laboral.

—Quién me va a contratar sabiendo que estoy embarazada —dice, y la sonrisa no le ilumina los ojos.

Sigue repitiendo que está contenta, me da la sensación de que termina todas las frases con un: bueno, pero estoy contenta. Aun así, no puedo evitar mirarla con alarma. No puedo evitar pensar que si hubiera tenido la alternativa de tomar otra decisión, la historia se estaría escribiendo de forma distinta. La Sofi es muy miedosa a la hora de romper las reglas, así que no se hubiera atrevido a hacerlo por su cuenta. Pero si la opción hubiera estado disponible de forma segura, ¿estaría viendo ahora mismo a mi amiga con la guata hinchada y arrugando la cara mientras se toma un batido color Shrek? Intento sacudir esos pensamientos. No tengo cómo saberlo. Quizás ni ella misma se lo ha planteado.

Me quedo callada. No sé qué responderle. Aprovecho que se distrae limpiando una mancha verde de la polera para abrir una ventana en el buscador y googlear los cambios que sufre el feto en el tercer mes. La última vez que hablamos hice lo mismo, en una tentativa torpe de mostrarme interesada. Le cuento que ahora el porotito tiene dedos diminutos en las manos y los pies. Ni siquiera me aseguré de que fuera una página web fiable. Sonríe y le da un sorbo largo al batido. Le baja una pelota por el cuello cuando traga.

—Bueno, pero qué latera, estamos puro hablando de mí. ¿Cómo estai tú, Cami?

Agradezco el cambio de tema y empiezo a contarle que estoy como loca buscando trabajo porque se me están chupando casi todos los ahorros con los que había venido. Que acabo de hacer una entrevista en un bar del centro. A ver si hay suerte. Estoy intentando escribir, pero en medio del caos de conocer gente nueva, de ir tirando currículums a todos lados y gestionar la burocracia casi no tengo tiempo ni ganas. Mi compañera de departamento intenta animarme a salir los findes, dice que al menos así me distraigo un poco de todo el ajetreo.

La veo asentir, pero la conozco tanto que sé que no me está escuchando. Le lloran los ojos cada vez que le da un sorbo al batido.

—Sofi, qué pasa.

Niega con la cabeza y empieza a llorar.

—No puedo, Cami, no puedo.

—Qué cosa, insisto.

Se me revuelve la guata al pensar que se está arrepintiendo de seguir con el embarazo y quizás ya es demasiado tarde. Respira hondo y mira fijo a la pantalla.

—No quiero que pensi mal, yo amo a mi guagua, ¿ya? La quiero con todo mi corazón aunque todavía solo sea un porotito. Pero no soporto ver cómo me crece la guata, Cami, no soporto ver cómo subo de peso todos los días. —Enfatiza esto último en medio de un hipo agudo.

No sé bien qué le respondo, algo como que no piense que es su cuerpo el que está creciendo, sino el de su porotito.

Que toda esa pesadez, esas náuseas, ese cansancio valdrán la pena cuando vea en sus ojos los de ella, cuando lo vea reírse por primera vez. No se me da bien consolar a la Sofi en estos casos, no sé cómo hacerle entender que los cuerpos no son estáticos y es normal que se transformen, que cambien con el tiempo, que cambien cuando aman, y es normal que mute ahora que está creando una vida desde cero. No solo es normal, es incluso bonito. Logro sacarle una sonrisa. Respira hondo y me da las gracias.

Sin pensarlo extiendo el brazo y acerco la mano para dársela, pero se queda extraviada entre mi cara y la pantalla. La Sofi también alarga la suya. Parecen dos serpientes que se miran a través de sus jaulas.

PERO PUSIERON LA CANCIÓN

La mujer llega al bar como una aparición. No la veo ni la escucho hasta que corre la silla de la mesa del fondo. A esta hora no hay clientes. Tiene el pelo corto y la mirada de un sabueso. Lleva un abrigo largo que se deja puesto al sentarse. Me pide un poleo menta sin mirarme. Es una maleducada, la típica cuica que está acostumbrada a que le adivinen las necesidades. Dijo *poleo menta* como si le molestara gastar saliva en pedírmelo. Cuando se lo sirvo, no me da las gracias.

Cristina termina de recoger la cocina y sale a hacerme compañía. Tiene mi edad y es actriz. Está trabajando en este bar mientras encuentra otra cosa. Como es dicharachera y logró traspasar rápido mi barrera de timidez inicial, no nos costó nada llevarnos bien al tiro.

—¿Qué vas a hacer el finde, Cami?

Antes de que pueda responder, me sobresalto con la figura de la señora, que ahora está sentada en la barra, revolviendo el té con nerviosismo.

—No lo entiendo, no lo entiendo.

Mueve la cabeza de un lado al otro, los ojos de sabueso le brillan y temo que se largue a llorar. Acerco las manos hacia ella, pero vuelvo a apoyarlas en la barra. No se me da bien tratar con lágrimas de desconocidos.

—Jorge es un imprudente —dice—. Hace cincuenta años que somos amigos. Somos los mejores amigos. Lo sé todo de él y él todo de mí. Le diagnosticaron un cáncer de estómago la semana pasada. A Jorge. A mi Jorge. ¿Sabéis lo que es un cáncer de estómago? Una fecha de caducidad marcada a fuego. Un mes le queda. Como mucho dos. Me lo contó bajándose una botella de whisky.

—Lo siento mucho, cariño —dice Cristina con ternura mientras le sirve unas galletitas para que acompañe la infusión.

—Yo soy del barrio. —Detiene la cuchara—. Vivo en el edificio de enfrente. Ahí está Jorge ahora. Follándose a su amante. Está usando el mes que le queda para follar. Para amar. —Frunce la boca con reticencia—. No entiendo, no entiendo.

—¿Qué no entiendes? —pregunto.

—No entiendo cómo puede seguir haciendo cosas. Dice que antes de estar enfermo estaba enamorado, pero no me entra en la cabeza cómo tiene energía para seguir viéndose con ese hombre sabiendo que va a morir.

Recuerdo una conversación que tuve con la Cata hace muchos años. Estábamos en mi casa haciendo un papelógrafo. A mí me tocaba escribir porque tenía la letra más bonita. REVOLUCIÓN INDUSTrial. Cresta, no calculé bien el espacio. Me distraje viendo a la Cata pegando las fotos con Stick-Fix. Mamá andaba por la cocina quejándose y yo intentaba alzar la voz con alguna tontera cada vez que la escuchaba.

—¡Esta casa es una casa de desordenados!, ¡todos son unos desordenados!

—Cata, pásame la regla, porfa.

—El Bruno es un flojo, no es capaz de lavar un plato.

—Cata, ¿cómo creí que va a quedar el título en rosado?

—Claro, el lindo se va por ahí a comer, a tomar y la casa hecha un desastre, siempre un desastre.

—Oye, Cata, ¿repartimos lo que vamos a deci…?

—Oye, tu mamá anda enojada, ¿o no? —Miré el papelógrafo sin responder.

Mis papás siempre me preguntaban por qué nunca invitaba a mis amigas a la casa, por qué siempre tenía que ir yo a las suyas a las pijamadas, a hacer los trabajos. No me atrevía a decirles que era por esto, porque si no era mamá quejándose de papá, eran los dos discutiendo o papá diciendo ya, ya, ya, córtala, córtala. Llego cansado de la pega para andar escuchando tus gritos, Lara. Y mamá explotaba con más rabia y con más gritos. No grites, mamá. Yo hablo así, hablo fuerte. Y papá salía dando un portazo, o se iba dos cuadras más abajo para fumarse un cigarro, como si el Mati y yo fuéramos tontos y no supiéramos que escondía las cajetillas en el mueble del comedor. Siempre empeñado en dar el buen ejemplo. Pero en eso sí mamá tenía razón: papá nunca lavaba un plato.

El matrimonio es firmar pa dejar de quererse. O eso dice mi mamá, soltó la Cata antes de quitarme el plumón con el que no hacía más que repasar la R. Los papás de la Cata están separados desde que éramos chicas. Su papá vive en Talca y lo ve una vez al mes como mucho. Es hija única y parece una extremidad más de su mamá. Son calcaditas. El mismo cuerpo chico, pero con pechugas, el mismo pelo negro y liso con chasquilla, los mismos ojos verdes, la misma maña de chasquear con la lengua cuando algo no les gusta. Se ha vuelto una copia de su mamá porque ha sido su único referente. Su casa la formaban su mamá y la pasarela de hombres que iban desfilando sin terminar de establecerse porque eran o muy fomes, o demasiado guapos, o demasiado feos, o se creían mucho el cuento, o eran muy inseguros. A la mamá de la Cata ninguno le parecía suficiente.

Por eso nunca he entendido cómo la Cata es capaz de querer tanto y con tanta soltura. Porque sí, cambia de pololo a cada rato, pero se enamora. Se lanza al amor sin miedo a reventarse. Si acaso era amor eso que sentíamos a los quince años. La Cata enamorada del Mateo, la Cata enamorada del Juan, la Cata enamorada del Víctor. La Cata pololeando. Terminando. Pololeando otra vez. Y yo no podía entender cómo se enamoraba tanto cuando no había tenido ninguna referencia que se lo enseñara. También uno aprende a enamorarse, ¿o no? Y yo tan fría, incapaz de dejar que me tocara nadie. El resto de mis amigas parecían seguirle el ritmo: la Majo ya llevaba varios meses con el Maikel y la Sofi suspiraba en los rincones por el Guille, un cabro más grande que a veces le sonreía en la salida del colegio. No entendía por qué a mí nadie me llamaba la atención.

Hasta que pasó, hasta que lo permití. Pero me esfuerzo en no pensar en él. Habita un pedacito de mí que olvido como la mitad de un limón reseco en el refri. Quizá porque quiero mantener su imagen como algo bonito, o tal vez porque me parece una abducción alienígena: algo que no sucede dos veces. Pero me viene su voz cada vez que me hago daño. Y últimamente no dejo de hacerme moretones. Me viene su cara en forma de pérdida, como una recriminación de lo que permití que se me escapara de las manos. Su sonrisa y el hoyito que tiene entre ambas paletas se me aparecen en las noches sin luna. No pienso en él porque hacerlo es provocar una ausencia. Pero a veces se me cuela y me tatúa los párpados cuando menos me lo espero, como ahora en la barra mientras observo el poleo menta de la señora que se enfría. O como esa última vez que fui a la disco.

Recuerdo que pusieron la canción que nos gustaba tanto. Yo me movía con los ojos cerrados y una película de sudor por todo el cuerpo. No podía abrirlos y ahí estaba su cara martirizándome. Como una santa a la que se olvidó prenderle la vela. Como la abuela muerta a la que no le llevaron flores.

Me embrujaba el esqueleto, que se servía de otro tiempo y se movía con un reguetón antiguo.

El recuerdo del Fabián, al que me he negado desde que terminamos, es una reprimenda, un acuérdate de cómo te quise, Cami. El amor no es ansia, o no debería serlo, pero a esa imagen fantasmal le murmuré que un poco sí, Fabián. Ansia de enredarse, de sentirse, de necesitarse. Nuestro amor fue de cabros chicos que no conocían otra cosa, fue como ponerse un disfraz. Nos quisimos como se quiere a un cachorro: con la ternura y la ignorancia hacia lo que se va a demandar después. Fundimos nuestros ojos vírgenes y nos adentramos en ese juego que es querer. Me buscaba en los recreos del colegio, me mandaba notitas. Te invito a un completo, decía, a un helado. Ahora pienso que no era yo lo que le gustaba tanto, sino el desafío que suponía mi reticencia, mis manos frías que rechazaban el calor de las suyas, mis sobresaltos a sus apariciones repentinas, esas negativas que escondían el miedo a escuchar entre cada una de sus caricias un ya, ya, ya córtala, Lara, estoy cansado, una discusión inútil, una tensión entre el asiento del piloto y el copiloto en el auto, entre el lado izquierdo y el derecho de la cama matrimonial.

Pero al final sucumbí. Sucumbí a esa risa que le tambaleaba hasta el pelo y a sus extremidades torpes de Golden Retriver. ¿Cómo no iba a sucumbir a alguien que parecía haber desterrado sus huesos, sus órganos y su sangre con el fin de solo tener espacio para quererme? Fueron años de estar juntos, de no cuestionar qué es el amor porque el amor era Fabián buscándome en la U para darme un beso, el Fabián durmiendo la siesta con la boca pegada a mi cuello, el Fabián compartiéndome uno de los audífonos en la micro, haciéndome listas de canciones. Fueron años configurando mi imagen a través del reflejo de sus ojos rasgados.

Mientras bailaba con el gin recorriéndome las venas, lo vi y lo sentí. Me decía acuérdate de cómo te quise, Cami. Acuérdate del mar sereno que fuimos por tanto tiempo. Intenté sin éxito decirle que al quererlo me faltó el ansia, esa ansia que te atraviesa, te exige mantenerte cerca y se te pega a la piel. Nos quisimos con tanta calma, Fabián, y tan chicos, que terminamos cuando habíamos cambiado tanto que dejamos de reconocernos.

No pude decírselo y su recuerdo siguió acechándome en mi baile borracho. Esa noche, divisé unas manos flacas entre tantos cuerpos, que se volvieron sus manos grandes de uñas mordidas. Las agarré y las fijé en mi cintura, en el pecho, desparramé la frente en esa otra frente, que me parecía la de él. Estaba encorvado empujando mi ceño con el suyo. Era su nariz grande comiéndose la mía.

Y yo pensaba que lo había olvidado en esa cajita de recuerdos para no ver más. Pensaba que lo había olvidado, pero pusieron la canción. Y cómo lo voy a olvidar si fue el único que logró activar mi deseo desde el querer. Y pucha que lo echo de menos, esa sensación de dejar entrar en casa a un extraño que acaba por convertirse en una parte más del espacio. Sentí en mi baile torpe la necesidad de otro cuerpo que me exigiera, me atravesara, se me pegara como si la vida dependiese de eso. Así que me pegué a ese cuerpo anónimo y junté nuestros sudores para oler el del Fabián. Busqué en su lengua la de él. Escarbé en su piel para intentar sentir algo, con el miedo de que nunca más volviera a suceder. Y yo pensaba que lo nuestro estaba muerto, pensaba que lo había olvidado pero mi cuerpo vibraba porque pusieron la canción.

Sin embargo, frente al papelógrafo, aún no existía ni el Fabián ni sus recuerdos. Todavía no entendía lo que era enamorarse. En ese momento solo estaba ese título mal hecho y la Cata adolescente e ilusionada. Le pregunté: ¿cómo es que podi enamorarte tanto? Ella sonrió y me dijo: es que ¿cómo no, Cami? Cuando estoy enamorada me siento ligerita, contenta. A pesar de todo lo malo que puede tener la Cata, del escándalo que hace a veces por cosas chicas, de lo rápido que pasa de esa pasión a la rabia y los celos, sus ojos me parecen los más transparentes del mundo. Y es que la facilidad de enamorarse es ser capaz de ver siempre lo mejor del otro.

La mujer del poleo menta se dedica a remover la cucharita, salpica la mitad de la infusión sobre la barra. Cristina intenta disuadirla: de qué sirve sumergirse en la tristeza, tener tan poco tiempo es un llamado de atención para usarlo, y qué mejor que usarlo para el amor. No puedo evitar pensar en el número de teléfono que tengo anotado desde hace una semana en una servilleta arrugada dentro de mi cartera, al que todavía no he llamado. He pensado en botarlo varias veces pero no me he atrevido. Desvío los ojos hacia la mesa en la que él suele sentarse a tomar un café solo con hielo y lo escucho pasar las páginas del libro de turno. *Las uvas de la ira* de Steinbeck, el primero, luego *El ruido y la furia* de Faulkner. Veo cuál está leyendo cuando me pasa la servilleta mientras sonríe y la poca piel que se le ve tras la barba se enrojece: *Némesis* de Philip Roth. Puros hombres. Al menos son buenos libros. Escucho de nuevo mi balbuceo al despedirme y el tintineo de la taza en el plato que casi boto al suelo.

Cristina le insiste a la mujer y a mí me dan ganas de hablarle de la Cata, del Fabián, de mis papás, de los amores. Me dan ganas de preguntarle por los suyos, si los ha tenido. Pero en vez de tender un puente me quedo hipnotizada con sus labios apretados y la cabeza que sigue negando. Con esa mujer en medio de un bar vacío que revuelve un poleo menta, ya helado, mientras el amigo moribundo usa su cama para hacer el amor.

OPERACIÓN DEYSE

—¿Ya terminaste? Ayúdame a poner la mesa.

Cerré el cuaderno en el que estaba haciendo mis tareas del colegio y abrí el cajón para sacar los cubiertos. La tele sonaba bajito, pero el escándalo del programa de farándula y la voz chillona de la Diana Bolocco se apañaban para resonar por la cocina. Mamá acababa de terminar de moler una palta para la once y ahora llenaba la tetera. Justo cuando el fósforo repiqueteó en el fogón de la cocina, las copas colgadas de uno de los muebles se comenzaron a mover en un vaivén suave, como si hubiera entrado una ráfaga tímida de viento. Las ventanas estaban cerradas. Mamá paró en seco: las copas pasaron de los aplausos a una ovación excitada.

—Ay, Diosito, ¡está temblando!

La pobre llevaba quince años en Chile y todavía no se acostumbraba a estos perreos esporádicos. Fue el primer temblor fuerte que viví, o al menos el primero del que fui consciente. Ahora cobraban sentido todos los simulacros que habíamos practicado en el colegio. Tomé las riendas de la situación y, como si estuviera por empezar a hacer una coreografía aprendida, me dije cinco, seis, siete, ocho, y guie a mamá para que se metiera conmigo debajo de la mesa del comedor. Cuando terminamos de agacharnos, el temblor ya se había acabado.

Esos simulacros tenían un nombre nacional: Operación Deyse. Era un plan de evacuación para cualquier emergencia, pero en general se ensayaba como si esa emergencia fuera un terremoto. Y es que era la más probable de todas. Una vez cada tanto se interrumpía alguna clase y el colegio entero se preparaba para el show. La profesora intentaba mantener el silencio, mientras nosotros estábamos expectantes al sonido exagerado de la campana, al remix que hacía con el *tintintin* tan tranquilo para el recreo y que de repente parecía estar anunciando una bomba atómica. Los pasos para la coreografía ideal eran:

Primero, mantener la calma.

Segundo, ponerse bajo el banco de clase y asegurarse de que la cabeza quede cubierta.

Tercero, una vez termine el movimiento telúrico, salir de debajo del banco.

Cuarto, en una fila ordenada, sin correr y sin gritar, abandonar la sala de clases y dirigirse a un espacio abierto.

La única vez que nos pilló un terremoto en clases, la coreografía no salió como esperábamos. Hubo muchas improvisaciones. Las ventanas empezaron a convulsionar, los bancos a hacer el tiritón y antes de que la profesora se percatara de lo que estaba pasando, comenzó a sonar la campana atómica. Se desató el caos: empujones, mesas en el suelo, todos salieron arrancando y gritando, quien tenía que abrir la puerta no lo hizo y muchos saltaron las rejas hacia la cancha de fútbol en vez de ir por el camino indicado. Lo que debería haber sido una coreografía exquisita se había convertido en la fuga de un zoológico.

A veces me despierto en las noches con la sensación de que mi pieza está temblando. Me quedo muy quieta, aguanto la respiración. El corazón se me pone en pausa y siento el pecho como un recipiente vacío, hasta que distingo el techo alto y la habitación estrecha. Como un balde de agua fría, recuerdo que estoy en una ciudad en que el terremoto más intenso fue en 1954 y de solo 4.0 grados en la escala Richter.

Debo admitir que en ese sentido no soy buena chilena porque me siguen dando susto los temblores. Tiene que ver con que suelo pensar que va a venir algo peor. Así que apenas empieza a removerse el suelo, pienso que va a ser un terremoto, y después un cataclismo que va a partir la tierra en dos y nos va a chupar a todos. Anoche me pasó, lo de despertarme con la sensación de que estaba temblando, y me desvelé. Así que ahora me hago un café negro para desayunar.

Estoy sola en el piso. Me gustaría estar a solas con mi silencio y el único ruido de mi cucharita moviéndose en la taza del café, pero escucho la música del vecino de arriba, la aspiradora de alguno de al lado y a una mujer hablar por teléfono en paquistaní por el patio interior. Me observo a mí misma en medio de un living con muebles que parecen elegidos al azar. No puedo evitar imaginarme a mamá en la misma situación, como un espejo que se refleja al otro lado del Atlántico.

Mamá solía ocupar mi cotidianidad: no existían rincones de la casa que no estuvieran marcados por sus pasos, sus manos, por el pelo que de vez en cuando se le caía y se enrulaba como un hilo viejo. Yo buscaba invadir también la suya, incluso de niña sabía que nuestras tareas solitarias (las de la casa en su caso, las del colegio en el mío) estaban hechas para llevarse a cabo en el mismo espacio, para que compartiéramos un silencio coordinado por nuestras respiraciones tranquilas y el murmullo de la tele. Uno que se rompía por un movimiento (el chocar de los platos al lavarse, el ras ras del sacapuntas), por una pregunta (¿vas a querer té o leche?, ¿cuánto era siete por seis?) o por alguna noticia de último minuto que irrumpía en el televisor.

Me quiebra pensar que los espacios que solíamos compartir se han llenado de ausencias para ella y de ruido para mí. La visualizo en esos escenarios como una actriz a la que se le olvida el monólogo y no tiene a otra para echarle una mano. Me pregunto qué pensará en esa soledad monótona. Es una soledad que te detiene y te obliga a echar un vistazo en tu cabeza, a quitarle el polvo como se lo quitas al resto de la casa. Cuando limpio, cocino o lavo los platos, llega un punto en que dejo de escuchar la música y me encuentro en una sala vacía en la que mis miedos aparecen como en un desfile.

La última vez, mientras barría mi pieza, pensé que en Chile los temblores son pedacitos de cotidianidad. Esa mañana me había despertado con mensajes de los grupos de mis amigas y familiares: ¿sintieron el temblor? Estuvo fuerte. No caché nada. Fue ruidoso. Recordé todas esas operaciones Deyse, coordinadas en busca de una perfección que nunca se lograba. Yo también había proyectado un plan perfecto para mi vida en Madrid.

Primero, encontrar un trabajo relacionado con el mundo literario.

Segundo, tener una rutina de escritura.

Tercero, contactar con editoriales, conocer gente del rubro.

Cuarto, disfrutar la ciudad, su gente, ocio y cultura.

Pero en cuanto sonó la campana, las proyecciones comenzaron a desvanecerse y las posibilidades se escabulleron igual que mis compañeros en ese terremoto. Me he enfrascado tanto en la rutina y el trabajo que no he dedicado tiempo a escribir. Y lo que es peor, ya casi parece que no me alcanza el día ni para echar de menos. Estoy encapsulada en otro tiempo y espacio, y da igual si vivo en Madrid o en cualquier otra parte. Pensé que lo que más dolía era la añoranza, saber que las personas a las que más quiero están tan lejos. Pero me doy cuenta de que me duele más no extrañarlas. Me duele más la indiferencia.

LAS KBRAS

Cata, Majo, Sofi, Tú

Sofi
queeeeeee cuentaaa
22:07

Majo
yapo camiii ke esperaiii
22:07

Cata
t haci la interesante oeee
22:07

es un cabro que va a la cafeteria de vez en cuando
me anoto su numero en una servilleta
22:07

Majo
la wea de película
22:07

y lo llame
22:07

Majo
Y KE PASOOO
22:07

jajajaja nos juntamos po
bueno ya nos hemos juntado dos veces
22:07

Majo
te hai juntao dos veces con este cabro y no nos habiai contaaaado?
22:08

Cata
weona siempre eri igual de cerrada para estas cosas
22:08

perdoooon
ahora les cuento todo con detalle
hacemos video llamada??
22:08

Sofi
noo porfa noo, no estoy en la casa
22:08

audio?
22:08

Sofi
noo porfaa
estoy en la micro y tengo pa rato no me traje los audífonos
no voy a escuchar bien escríbelooo
22:08

yaya
me llevó a un lugar q se llama el matadero
22:08

Majo
ke
22:08

Cata
y es un matadero de verdad?
22:09

jajajaa no, antes
ahora es como un espacio cultural con conciertos, galerías, teatro, cine
22:09

Cata
ah choroo
22:09

Majo
muy tu
22:09

sisisi
y nada estuvimos en algunas expos y después
nos sentamos afuera en unos banquitos
22:09

Sofi
ahh la tipicaaa
22:09

Cata
y ya agarraron entonces
22:09

espeeerate jajajaja
22:09

y hacia caleta de frio
envidio que ustedes esten con calor
así q tuvimos q acercarnos más y agarrarnos
las manos
22:10

Majo
ahh sipo obvio
una cosa de supervivencia
22:10

bueno filo y estuvimos hablando muy
bacan en verdaa
y de repente me dice
yo creo q ya nos deberíamos besar
22:10

Cata
waat
te lo dijo?
22:10

Sofi
uso la palabra besar?
22:11

si jajaja,
22:11

Majo
no te senti todo el rato como en una obra de teatro
del cid o de el Quijote? me lo imano diciéndote
como besad mis aposentos, oh, bella dama
*imagino
22:11

ajajaja aweonaa
22:11

Cata
yo lo encuentro sexy
como hablan los españoles
22:11

Sofi
bueno pero sigue contandooo
22:11

yaaa
y entonces me dice que los besos lo ponen muy nervioso
22:11

Sofi
¿????????
acaso nunca ha dado?
22:11

lo mismo pregunté y dijo mazo
22:11

Cata
mazo?
22:11

Muchos
22:11

Majo
Yiaaa
22:11

y entonces me dijo que deberíamos rmper el hielo y chao
*romper
22:11

Sofi
y te dio un beso?
22:12

no
me pasó la lengua por la cara
22:12

Cata
waaaaaaaaaat
22:12

te lo juro
y yo le dije que eso no era un beso
y el me dijo que a ver si en mi país van a ser distintos
22:12

Majo
jajajjaa ya igual es chistoso
22:12

y entonces yo le mostré lo que era un beso en mi pais
jajajaja
22:12

Majo
YAAAS
22:12

Sofi
ESAA CAMII
22:12

Cata
THAT'S MY CHILEAN QUEEN
22:12

Majo
si le queri hacer una amarre ya sabi ya
22:12

awita de calzon
22:13

JAJAJAJAJAJA MAJO
22:13

Majo
yo tiro ideas noma
22:13

Sofi
pero te gusta?? es medio raro o no?
22:13

siiii
o sea no sé no lo conozco
es tela y chistoso
pero es como un personaje jajaja esta loco
y no se bien que quiere
me da la sensación de que esta puro weandoo
22:13

Majo
y tu no?
22:13

o sea
me interesa conocerlo
nos vamos a juntar de nuevo
22:13

Sofi
ahhhh
si te gustoooo
22:13

jajjajaja un pokito
22:13

Cata
pero es minooo??
22:14

siii
bueno yo lo encuentro mino
22:14

Cata
uy
va a ser feo entonces
22:14

JAJAJAJA mariconaa
22:14

Sofi
como ce llama??
22:14

gonzalo
22:14

Majo
el chaloo jajaja manda foto
22:14

Sofi
FOOTO
22:14

Cata
a veerlooo
22:14

yaaa jajaja
pero es mejor en persona lo juro
22:14

EJERCITAR LA LENGUA

16:15. Tengo que salir en diez minutos al bar. Me siento un momento ante el escritorio. Abro la libreta, por delante tengo mi lista de escritoras tardías y por detrás un poema de Bolaño, «Mi carrera literaria»:

> Rechazos de Anagrama, Grijalbo, Planeta, con toda seguridad también de Alfaguara, Mondadori. Un no de Muchnik,
>
> Seix Barral, Destino…
>
> Todas las editoriales… Todos los lectores… Todos los gerentes de ventas…

Vuelvo a él cuando me siento pequeñita, me consuela saber que un grande también tuvo cachetadas de humildad. Y hoy siento mis mejillas arder.

Una de las cosas que me mantiene más insegura en Madrid es no tener un punto fijo, algo que me indique dónde estoy y hacia dónde voy. En Santiago tampoco veía un camino claro, pero al menos tenía la cordillera. Era mi consuelo, una especie de tranquilidad en medio del caos citadino. La cordillera es un horizonte para nosotros, los desgraciados sin mar. Diría que Cristina apareció en mi vida como esa guía.

Como una santa a la que pedirle un milagro. Y ni siquiera tuve que pedírselo, me lo ofreció en medio de una sonrisa y una cerveza.

Sé que Cristina no va a durar mucho trabajando en el bar, porque se mueve. Está donde tiene que estar, habla con quien tiene que hablar, dice siempre lo que hay que decir. ¿Que cómo conseguí el papel de mi última obra?, me dijo esa vez, fui a una inauguración de arte en la que sabía que iba a estar el director. Me acerqué, lo saludé, le hablé de mi trabajo, hice como que no sabía que la semana siguiente iba a hacer un casting. Se quedó con mi cara. Cuando fue el casting, me ubicó entre los participantes y me sonrió. Así es este mundo, Cami, y en la literatura es igual. Soy talentosa, sí, pero no soy la mejor. Aquí está el secreto: no triunfa la mejor, sino la más despierta. Así que espabila, chica.

Tuve que poner alguna cara porque rio y me miró con compasión. Y entonces me dijo que un amigo de su polola conoce a un tipo que conoce a un editor de una revista literaria más o menos relevante. Que si quería podía intentar conseguirme el contacto. Y yo sí, sí, sí, puedo pedirle trabajo de editora o que me publique alguna cosa o… Calma, Cami, calma, Cristina volvió a reírse, primero te consigo el contacto y después ves qué hacer. Y escúchame bien, tienes que mostrar interés, pero nunca parecer desesperada: estás ofreciendo tu trabajo como algo exclusivo y, si te rechaza, la pérdida es de él, no la tuya.

Tenía que construirme un personaje. Y lo intenté. Cristina me consiguió el contacto y me hizo el favor de cubrirme el turno de esta mañana para ir a conocerlo. Y yo usé esas cuatro horas en ir a hablar con quien pensaba que sería un joven de unos treinta años, pero que resultó ser un señor con terno de la de edad de mi papá. El lugar que imaginé como un estudio autogestionado y decorado con ilustraciones de artistas independientes era, al final, una oficina en uno de los edificios de la Castellana con un sofá de cuero negro y un escritorio amplio de cristal. ¿Cristina había dicho una revista más o menos relevante? Es verdad que cuando la googleé se veía seria, pero no había escuchado nunca el nombre. ¿Será un blanqueamiento de plata?

Empujé la puerta del despacho y, después de estrechar mi mano con la de ese señor y agradecer que no fueron necesarios los dos besos, comencé a vomitar todo el discurso que tenía preparado. El hombre asentía mientras ojeaba unos papeles. Después sabría que eran los relatos que le había mandado. Terminé mi cascada de palabras con un quiero trabajar para ustedes, quiero publicar para ustedes, quiero colaborar, por favor, quiero ser parte, sí los necesito, ¡claro que los necesito! Pero lo expresé de forma sutil, creo. El hombre por fin levantó la mirada de las hojas, se acomodó los lentes y carraspeó:

—Eres chilena, ¿no?

—Sí.

—¿Tienes los papeles en regla?

—Sí, claro.

—¿Y cómo llevas el español?

—¿Perdón?

—El español de España.

—Soy filóloga.

—El español de la RAE.

—Sí, bien, soy filóloga.

—He leído un par de tus relatos y es curioso cómo usas el lenguaje. Muy chileno. Pero no sé si los veo para esta revista, ¿sabes? Entiendo que en tu país escribías para un público, pero ahora estás en otro y el público es otro. No sé si un español entendería tus relatos.

Primero me entró rabia. Qué poca fe tenía ese señor en los españoles. Cómo no iban a entender. Yo entiendo todas las traducciones de editoriales españolas. Me dieron ganas de decirle que era un prejuicioso y un xenófobo. Eché un vistazo por el ventanal y la calle me pareció tan lejana que me sentí en un rascacielos. Me tambaleé.

—Por ejemplo, este que se titula Échale una manito de gato. ¿No crees que genera más distancia que curiosidad?

—Yo…

—¿Cuánto tiempo llevas aquí?

—Tres meses.

—¿Y has escrito algo más?

—Bueno, estoy en eso…

—Ese es el otro problema que veo en lo que me has enviado.

Dejé de escuchar. Creo que la última vez que me había sentido así fue cuando tenía cinco años y no sabía pronunciar la letra R. Repite después de mí, decía mi abuelo, el perro de san Roque no tiene rabo porque Ramón Ramírez se lo ha cortado. Y a mí me salía: el pelo de san Loque no tiene labo. En el colegio fue peor porque mi apellido es con R. Camila Lolíguez, Camila Lolíguez, se burlaban mis compañeritos. Pero no hubo mucho drama: dos meses de fonoaudióloga y, charán, no más problema.

Lo que quería decir ese señor es que mi chileno era algo que debía corregir. Me estaba haciendo dudar de una de mis pocas certezas, que el lenguaje existe para destruirlo, enriquecerlo y jugar con él. Pero en ese momento pensé que quizás me equivocaba, que si estaba aquí tenía que adaptarme a las reglas de aquí, ir a la fonoaudióloga del español a que me hiciera ejercitar la lengua para empezar a decir *vosotros, hostia, estáis, gilipollas.*

—Perdón, no escuché lo último.

—Que el otro problema que veo, Camila, es que no creo que sepas sobre qué quieres escribir. Si quieres, vuelve a enviarme algo más adelante, cuando ya lleves un tiempo en España y estés más segura.

No fui capaz de responderle, dejarlo calladito y decirle que se metiera su español de la RAE por la raja. Solo fui capaz de darle las gracias y salir por la puerta con la mirada clavada en los pies.

Leo el poema de Bolaño una y otra vez esperando que en algún momento me dé algún tipo de consuelo. Intento no hundirme en el miedo al fracaso, me obligo a no pensar que me farreé mi única oportunidad. Me repito: no seai impaciente, Camila, habrá más, todavía es pronto, hay tiempo. Tiempo, siempre el tiempo. Quizás sea esto hacerse mayor: un terror continuo, un horizonte sin cordillera. Estar en un deambular constante y no tener ni idea de adónde vamos ni por qué.

16:25. Me trago la frustración, no puedo gestionarla. Hoy tampoco hay tiempo: tengo que irme al trabajo.

EL DISPARO DE UN MARIACHI EN MEDIO DE UNA CANCIÓN

El nono siempre le decía a la nona que si no lo pasaba bien cuando él ya no estuviera, la iba a venir a tirar de las patas por la noche. Me parece una de las declaraciones de amor más bonitas que he escuchado. Él estaba seguro de que se iba a morir antes que ella. Era mayor, más achacoso. Mi abuela no estaba tan segura, pero una parte de ella sabía que él se tenía que ir primero. Porque sin la nona, el nono no existía.

Es bueno para tener la razón. Eso pensé cuando mamá me dijo por videollamada que lo habían hospitalizado en la mañana, pero que ya estaba muy malito, muy cansadito (todo con «ito» para que duela menos). Se murió el nono, mi niña. Me lo dijo mamá porque papá no era capaz de hablar ni de mostrarse en la cámara. Así que tenía razón, mi nono, iba a morirse él primero.

Colgué la llamada, era como si estuviera en una calle que no conocía y sin internet para mirar el Google Maps. ¿Qué haces con el dolor cuando no tienes con quién compartirlo? ¿Cómo lloras algo que no palpas, que no ves? El nono dejó de existir físicamente para mí cuando vine a España, porque dejó de ocupar mis espacios. ¿Qué haría cuando volviera y me encontrara con todas esas ausencias? Su puesto en el comedor y el sillón donde leía el diario vacíos, el bastón apoyado en cualquier mueble de la casa sin una mano que lo sostuviera. Siento terror de que mi luto se encapsule por un tiempo indefinido.

Es mi primera muerte, me siento principiante. ¿Existe una forma correcta de vivir el duelo? ¿De llorar la pérdida? ¿Adónde va todo ese amor que ya no tiene quien lo reciba, lo moldee y te lo mande de vuelta? Pienso en las cabras, en las muertes que han sufrido ellas y en cómo las han vivido. Creo que es a la Sofi a quien le ha tocado lo peor. La muerte de su abuelo, que es la más reciente, tuvo un proceso complicado porque su tata era casi su papá. Porque su papá se había muerto antes, cuando éramos chicas. Ese fue un duelo más físico: la Sofi se hacía pipí en la cama todas las noches, le pegaba a algún compañero que la sacaba de quicio, pedía que llamaran a su mamá para que fuera a buscarla nada más llegaba al colegio… No jugaba con nosotras, nos miraba con los ojitos fijos en una figura de rasgos definidos, pero que el tiempo se encargaría de volver una sombra.

Cuando se murió el tata de la Sofi ya nos tocaba nuestra parte. Ya no éramos niñas de seis años que no sabían muy bien qué significaba que su papá se hubiera muerto. Que solo eran capaces de repetir lo que nos dijeron los curas del colegio: está con Dios en el reino de los cielos. ¿Y no podemos ir a verlo?, preguntábamos, y los curas decían amén, amén, y nos quedábamos más perdidas que antes. Ahora teníamos veinte años y ya habíamos vivido un poco para entender lo que se pierde con la muerte. Así que debíamos ser un buen apoyo para la Sofi, decirle lo que necesitaba escuchar.

El problema era que las palabras de consuelo, de ser siempre las mismas, terminan más vacías que una piscina en invierno. Así que nos callamos. En silencio íbamos a su casa a tomar once y le llevábamos un queque de limón, su favorito. Nos turnábamos durante la semana para quedarnos a dormir con ella. Dejamos de salir los findes e hicimos pijamadas como cuando éramos chicas, nos pintábamos las uñas y veíamos maratones de comedias románticas. La Cata, que estaba en su mismo campus en la U, la acompañaba en los almuerzos, le llevaba sus ensaladas favoritas para asegurarse de que comiera y le ofrecía estudiar juntas en las horas muertas. Nos mezclamos con su cotidianidad para que supiera que tenía una buena estructura, que no la íbamos a dejar derrumbarse. Nos mantuvimos así hasta que un sábado nos escribió: ¿vamos hoy a la disco?

Todavía no lloro. No he sido capaz de levantarme de la cama desde el funeral, que fue hace dos días, pero no lloro. Las cabras me han bombardeado por WhatsApp, Gonzalo me ha llamado dos veces, Cristina se ha ofrecido a cubrirme en el bar otro día más. Me desespera la vibración intermitente y termino por apagar el celular. No puedo dejar de pensar que en el funeral traicioné un poco a mi nono. Porque claro, no podía ir. Pero había un link. Después de toda una pandemia y con el avance de las tecnologías, había un link. Y en mi pena solitaria, lo apreté. «Pincha aquí y envía tu arreglo de flores». Y así, como con una camarita espía, me colé en el funeral.

Era una sensación distópica, como si estuviera presenciando el mío: toda mi familia observando el ataúd frente al cura que daba el sermón. Vi a papá limpiarse las lágrimas, y no tendría que haberlo hecho. Porque lo había disimulado. Podía verlo de muchas formas: riéndose con un amigo por teléfono, puteando mientras manejaba, incluso lo podía pillar fumando un cigarro y no era para tanto. Pero no podía verlo llorar: las lágrimas eran solo para él.

La nona se limpiaba las suyas con un pañuelo de tela blanco. El recorrido hacía un triángulo alargado: regazo-ojos-nariz, regazo-ojos-nariz. Se veía tan chiquitita sentada entre mi papá y mi tío. Su pelo blanco era un puntito en medio de todos esos ternos negros. Y yo no podía dejar de ver ese triángulo que parecía una persignación profana. Ay, nonita. Se achicó porque lo que la mantenía inflada era esa necesidad de cuidar. Esa ansia de que mi nono estuviera seguro, de que no se fuera a caer. Su tiempo se marcaba por los remedios que tenía que darle: el de la presión en ayunas, el del azúcar al almuerzo, el del ácido úrico antes de dormir. Su despertador era la urgencia de asegurarse de que el nono seguía respirando a su lado. La miré ahí tan chica, aferrándose a ese triángulo deforme para aferrarse a algo, para no sentirse tan perdida.

Vi las lágrimas del Mati que se caían como granos de arroz de una bolsa rota. Casi no tengo recuerdos de él llorando. En algún momento empezó a cerrar la puerta de su pieza con pestillo y dejamos de hacer cosas juntos. Se encerró en su cara seria y en sus respuestas monosilábicas. Lo empecé a sentir tan lejos, a no saber cuándo lloraba, si lo hacía, ni por qué. ¿Qué hacemos, Mati?, quise preguntarle, ¿cómo volvemos a ese tiempo en que le pedíamos a la mamá que nos pusiera las camas en la misma pieza para seguir jugando, para seguir riendo? Tenemos la misma pena. Pero cómo se lo digo ahora que además de la cara la puerta la casa nos separan el océano y las pantallas.

Vi todas esas lágrimas que estaban hechas solo para ser percibidas por las mejillas de sus dueños. Quería sentirme un poquito más cerca de todos y me sentí más lejos que nunca. Y siento que lo traicioné, a mi nono, porque él hubiera preferido que me fuera a brindar con una caña en una terraza, a bailar a un concierto, a comerme un bocata de jamón. Pero, nono, a mí no me gusta el jamón, le hubiera dicho. Es que tú comes como los conejos, me habría contestado. El nono hubiera preferido cualquier cosa en vez de que pegara la mirada a esa pantalla. Es que se quedan turnios de tanto mirarlas, decía en su constante lucha contra lo digital, parecen tontos.

Escucho unos golpes en la puerta y antes de que diga nada, María asoma la cabeza por el umbral.

—Hola.

La miro y hago un intento de sonrisa. Duda un momento y se sube a la cama.

—Sé que todavía no nos conocemos mucho —dice—, pero no deberías estar aquí tan sola.

Se acerca como si yo fuera un gatito maltratado y tantea mis brazos, y después la espalda, con cuidado, como con miedo a que la muerda. Pero la dejo y ella, ya más segura, me abraza y acerca mi cabeza a su cuello.

Después de lo que parecen horas empiezo a hablar.

—Creo que lo que más voy a echar de menos es su risa. —La voz me sale rasposa, como si no la hubiera usado en años—. Trabajaba vendiendo telas, pero era daltónico. Si una señora le pedía un metro de tela roja, él le pasaba un metro de tela azul. Pero, don Vicente, se quejaba la señora, le pedí la roja, no la azul. Y él respondía: pero, señora Rosa, el azul le combina muchísimo mejor con los ojos. Dicen que la carcajada se escuchaba por todo el barrio. —María se ríe—. Me encantaría tener algo para recordarla, un video o un audio de WhatsApp. Pero mi nono era muy a la antigua, no tenía ni celular. —Me aprieta el brazo.

—Seguro que no se te olvida en la vida.

Asiento con la cabeza enterrada en su cuello y me echo a llorar. Es verdad, no, no necesito ningún audio de su risa.

Porque la risa surgía de su garganta como el disparo de un mariachi en medio de una canción.

María se queda conmigo hasta que los ojos se me cierran del sueño y el cansancio. Se levanta con cuidado y se queda un momento en la orilla de la cama. Dice que le escriba si necesito cualquier cosa, que si quiero mañana podemos salir a dar un paseo y tomar un helado. ¿Vale?, apoya su mano y me tira, suave, de la punta de mi pie.

NUEVO NO SIGNIFICA MEJOR

Voy tarde. El supermercado es gigante y no encuentro la sección de los vinos. Estoy en un laberinto en el que todos los caminos me llevan al pasillo de los yogures. No hay nadie a quien preguntar. No entiendo cómo un supermercado puede estar tan vacío un viernes por la noche. Doy unas cuantas vueltas más hasta que los encuentro. Agarro una botella con la etiqueta que me parece más bonita y me voy. Intento avanzar rápido, pero las calles están colapsadas de gente comprando regalos, abrigos largos que se arrastran por el cemento y niños que intentan desprenderse de las manos de sus papás. Permiso, permiso, no quiero ser el tipo de persona que empuja por la calle pero me empiezo a desesperar. Voy tarde. Me alejo de la vía principal y sigo mi camino por callejuelas. Logro encontrar el departamento de Cristina. Respiro, toco el citófono. Me invitó a una cena de Navidad antes de que todo el mundo vuelva a sus casas por las fiestas. Para que conozcas a mis amigos, me dijo, son actores, algunos escritores. Son súper majos, te van a encantar. Así que estoy con una botella de vino blanco que no sé si es rico y con la nariz a medio congelarse mientras me esfuerzo por controlar los nervios de conocer a gente nueva.

Se escucha el portal abrirse. Entro. Subo por las escaleras a pesar de que es un quinto. Toco el timbre. Me abre Cristina con una sonrisa, está muy linda. Lleva un vestido corto de lentejuelas moradas. No entiendo cómo no tiene frío. Me siento fuera de lugar con el abrigo largo y el chaleco cuello de tortuga. Pasa, pasa. Antes que nada, necesito tu ayuda. Sostiene dos collares a la altura de la cara. ¿Cuál me pongo? Uno es plateado y tiene una medalla en forma de concha marina, y el otro… también. Son iguales. Apunto cualquiera. Gracias, sonríe. Agarra el vino con una mano y mi brazo con la otra. Siéntate, Cami.

No sé cómo me imaginaba el departamento de Cristina, pero no como esto. Es un único espacio con una mesa gigante de madera. ¿Cómo puede vivir aquí? No hay nada aparte de esa mesa que ni siquiera es bonita. No tiene puesto un mantel, los platos son los típicos blancos del IKEA, no hay copas, solo vasos aleatorios, algunos robados del 100 Montaditos. Lo único que le da un toque es una bandeja de fruta justo en el centro. Me acerco para sentarme y me parece que la mesa se alarga más, como si un extremo lo absorbiera la puerta abierta de un avión. ¿Y dónde está todo el mundo? Siéntate, Cami, siéntate. Ya no tengo el abrigo puesto. Me siento en una de las sillas y levanto la mirada. ¡Cami…! ¿María? No sabía que María era amiga de Cristina, al menos ahora tengo una cara conocida. Bueno, empecemos ya a cenar, ¿no? Cristina sonríe y se sienta a la cabecera. ¿Cómo vamos a empezar si todavía…? No me da tiempo de terminar la pregunta, los puestos de la mesa ya están todos ocupados por personas a las que no termino de distinguirles el rostro.

Miro el plato: pavo, papas al horno y puré de manzana. Oh, Cristina, esta es la comida que siempre hace mi abuela para Navidad. Levanto la mirada y está mi mamá al otro lado de la mesa. Hola, mi niña. Sonríe y yo me quedo para adentro. ¿Mamá? Intento levantarme para ir a abrazarla y no puedo. Es como si unos brazos hubieran emergido de la silla y me sujetaran con firmeza. A su lado está papá y al lado de él, el Mati. Cami, abre el vino. Cristina me pasa un sacacorchos y la botella que traje. La abro con una agilidad que desconocía. Sírveme una copita, chilena. Ahora Gonzalo está frente a mí, enarca las cejas con una sonrisa burlona mientras alza su copa vacía. Yo también quiero, amiga. ¿Cata? ¡Yo igual! ¿Majo? Ay, yo no puedo, qué rabia, que alguien me pase el agua. ¿Sofi? Estoy mareada. La mesa comienza a dar vueltas como una cinta en los restaurantes de bufetes y sus caras me van pasando por delante de una a una. Cristina, María, Gonzalo, mamá, papá, el Mati, la Cata, la Majo, la Sofi.

Venga, morenita, échame un poco de vino. Gonzalo ahora está frente a mí e insiste con su copa en alto. Me inclino, le sirvo y cuando levanto la mirada me miro a mí misma al otro lado de la mesa.

Es chilena pero mi colega que ha vivido en Chile me dijo que ahí son bajas, morenas y un poco feas. Y esta tiene las piernas largas y es medio rubia, aunque tiene la piel doradita y la marca de la vacuna en el brazo izquierdo y dice chueco en vez de torcido y toma el bus en vez de cogerlo. Y me pone mazo que me diga *Gonsalo.* ¿Rubia? Es pija, sentenció mi colega. Y puede que sí, que sea pija. Seguro que es pija porque quiere ser escritora y se ha venido del otro lado del mundo a intentar cumplir ese caprichito. ¿Pija? Seguro. Pero además de rubia tiene unos rizos que le dan otro flow y puede darte una chapa sobre Virginia Woolf y sabe la diferencia entre significado y significante y puede explicar lo que es un fonema bilabial. Y joder, macho, claro que me distraigo en el primer bi y en el segundo también, porque es chilena y tiene unos labios llenitos. Y pone bien las comas, con lo que cuesta poner bien las comas. Y la tía no se pone sujetador. Me lo pone en bandeja, ¿sabes? No puedo evitarlo y le miro las tetas. Sí. No soy tonto y sé que se da cuenta, pero en vez de decir algo, endereza más la espalda. Siempre tiene la espalda tan recta, joder. Uy, este vino está malísimo. Puede que sea pija pero creo que me gusta un poco. O no. Todavía no lo sé. Pero no puedo dejar de imaginar el momento en que follemos, cuando por fin pueda ver que incluso alrededor de los pezones sigue siendo doradita. Hay algo que me gusta de esa expectación, sí. De que se las da de chula, pero al final es una chica que está acostumbrada a que la quieran cuando la follan. Y yo a lo que estoy acostumbrado es a correrme. Y no sé, macho, igual no vamos a conectar bien al follar. Igual me pondré nervioso como la primera vez que nos besamos y sea torpe y la termine espantando. O peor, igual no me gusta tanto como pensaba, o una vez que follemos se me quita el morbo. Algo no me termina de convencer y no sé qué es. Es guapa pero siempre me he follado a tías guapas. Y es lista pero siempre me he rodeado de tías listas. Y es compasiva y no me manda a la mierda cuando hago comentarios que son dignos de mandarme a la mierda. Pero no sé. Porque, joder, a estas alturas de mi vida, que ya tengo treinta años y una puta hipoteca, que siento que se me cae el pelo a cachos y que ya no me renta un polvo de una noche y me impacientan las apps esas de Tinder o Bumble, pienso que igual necesito una tía que me mande a la mierda cuando haga esos comentarios. Una tía que me diga fóllame como Dios manda y no que me mire como un cachorrito necesitado de cariño. Pero es latina, la tía, y no entiendo, dónde está esa furia, ese fuego incontenible. No sé, igual estoy siendo prejuicioso. Igual una vez que follemos está todo de puta madre. Porque es chilena y me gusta que sea chilena. Pero es medio rubia y tiene las piernas largas y seguro que es pija. Aunque tiene la piel doradita y la marca de la vacuna en el brazo izquierdo y dice chueco en vez de torcido y toma el bus en vez de cogerlo. Y cómo me pone que diga *Gonsalo,* joder. Pero es pija y, a fin de cuentas, nunca me han gustado las pijas.

Vuelvo a ver a Gonzalo a través de la mesa, que me da las gracias mientras alza su copa llena. Cami, ¿me pasas la sal? Y ahora es mamá la que está justo enfrente. Sin entender nada, le paso el salero que no recordaba que estaba sosteniendo.

Mi chiquitita, mi chiquitita, cómo la echo de menos. La vi cruzar esas puertas, alejarse, determinada. Siempre ha sido un poco así, la Cami, que se le mete una idea en la cabeza y no hay quién se la saque. No puedo decirle lo mucho que la echo de menos. Por eso también intento no escribirle tanto, no llamarla tanto. No quiero asfixiarla, no quiero molestar. Quiero que ella venga a mí cuando me necesite, que me busque. Ha escapado de mis manos y ya no puedo hacer nada sobre lo que pasa o no por su vida. Ha volado, mi pajarita, y yo ya no tengo ningún poder, mis consejos se quedan en sugerencias, mis advertencias en miedos absurdos. Sé que soy muy aprensiva, a veces la Cami no entiende que todo me da miedo, pero es miedo a perderla. A que le pase algo que sea irremediable, que la traume para siempre. Es que yo he pasado por tanto. Y el amor de madre es ese deseo doloroso de evitar todo el mal que una ya ha vivido a sus hijos. Y veo a mi niñita con la expectativa de empezar su vida tan lejos, en un país en que no tiene a nadie. Recuerdo la primera vez que la llevamos a la playa. Tenía unos dos años. No soportaba pisar la arena, no sé si era que le daba asco, cosquillas o qué… Y yo intentaba que le gustara, le hacía castillos de arena, me la pasaba por las manos como chorros de agua. Pero no había caso con esta niñita, lloraba y me miraba como diciéndome ayúdame, mamá, ayúdame. Así que la tomé en brazos y la llevé a la toalla. La puse en mi regazo y, con cuidado, le escarbé entre los deditos y le quité cada grano. Con el tacto, con el movimiento de esos granitos por la piel, le dieron cosquillas y se empezó a reír muy fuerte. El sol evaporó sus lágrimas y solo quedó su risa mezclándose con el cantar de las gaviotas y el sonido del mar reventando en la orilla. Ahora la Cami es tan diferente a esa niñita. Más temprano que tarde dejó la toalla y se lanzó al mar, a las olas que se alzaban desafiantes ante su cuerpo flaco. Ahora ya ni siquiera puedo mirarla desde la orilla para asegurarme de que sigue alzando la cabeza una vez que pasa la ola. Pero guardo ese recuerdo de mi niña riéndose en la toalla, lo guardo como sus dientes de leche, intacto en una cajita. No tengo ni hambre, apenas he probado las papas. Ay, mi Cami. Se fue con veinticuatro, la misma edad que tenía yo cuando me casé con su papá. Solo pienso en que las dos nos fuimos con sueños, las dos nos fuimos dejando miedos atrás, dejando tristezas. Nos fuimos con el cuerpo vacío para buscarle otro sentido, nuevas experiencias. Yo me pegué el tortazo rápido al darme cuenta de que nuevo no significa mejor. Y ahora estoy encerrada en un país frío, un país sin gallo pinto para desayunar, en que el banano no termina de madurar bien. En que no tengo a mis hermanas, en que no tuve a mi mamá para que me sostuviera la mano mientras paría. Me cortaría en dos para que una parte de mí siempre estuviera con mi niña. Seguro que ella no querría. La Cami desde chica ha sido tan independiente. Pero también la conozco, lo sensible que es, ese llanto fácil que tiene y no hay quien lo contenga. Y me rompe entera imaginarme a mi chiquita llorando sola en un departamento de mala muerte. Es inevitable proyectar los miedos. Su historia es distinta.

Ella pudo terminar sus estudios, ella se va por elección, no para escapar. Deseo para ella un puerto en el que se sienta segura. En que encuentre ese sentido que ha estado buscando desde chica, ese alimento que cure el hambre que la lleva matando desde que nació. Quiero que pertenezca. Y si no es en España, que se vuelva y otra vez tenga la oportunidad para empezar. Si yo pudiera, le regalaría todas las oportunidades, las que tuve, las que no y más. A mí no me queda otra, me quedo aquí, en este país frío, encerrada en una casa que se me viene encima, con un tiempo solitario que ya no tengo con quien compartir. Me quedo con mi silencio, me condeno a este calvario de no sentirse parte ni de un sitio ni de otro. Yo pertenecía a mis hijos. Pero el Mati ya tiene una pata fuera de la casa y la Cami ya se fue tan lejos.

A mamá le caen lágrimas por la cara, quiero alargar los dedos para secárselas. Intento alcanzarla, pero los brazos de la silla se aferran a mi cuerpo como una camisa de fuerza. Cami, cariño, acércame la ensalada. Antes de que pueda digerir lo anterior, le estoy pasando un cuenco de madera lleno de lechuga a Cristina.

Ay, ay, ay, Camila, Camila, Camila. Es una niña diez, sí. Muy maja. Tiene un discurso muy crítico, pero los ojos le delatan la ilusión. Todavía cree que va a conseguir algo, que va a ser alguien. Pero tiene que despertar, no paro de repetírselo, espabila, espabila. Así es el mundo cultural. Está dentro de la rueda capitalista, hay que seguirle el ritmo, hay que producir, hay que venderse. Al final nosotras como artistas somos productos también. Me pareció tan linda, tan mona, cuando la conocí en el bar y me dijo que quería dedicarse a la escritura, que por eso había venido a Madrid. Y sí, no lo niego, comparado con Latinoamérica, Madrid puede imponer bastante en ese sentido, puede parecer un nido de oportunidades. Pero, a fin de cuentas, Madrid es una ciudad grande, sobrepoblada, hostil. Es una ciudad que expulsa a cualquiera que intenta integrarse. Es una jungla que se rige por la ley del más fuerte. Y Cami todavía es un bebé, se le nota en esos ojitos azules tan inocentes. Que cree que puede entrar a trabajar a una editorial. Ay, cariño, sí, quizás, sí, pero como autónoma y con suerte ganando mil euros para pagar el alquiler y poco más. Uff, este pavo me quedó riquísimo. También se cree que puede escribir una novela. Seguro que sí, cariño, pero para eso tienes que ponerte a escribir. Y yo a Cami la veo que habla mucho sobre el trabajo creativo, sobre la escritura, sobre la precariedad y no sé qué, pero no la veo nunca escribiendo. Es como si yo dijera que me quisiera dedicar a ser actriz pero no hubiera pisado un escenario en mi vida, ¿sabes? Creo que en ese sentido el señor ese de la revista tenía razón. La Cami todavía no tiene ni puta idea de lo que quiere escribir.

Abro la boca para responderle a Cristina, pero las palabras no llegan. Sonríe y me guiña un ojo antes de darle un sorbo al vino.

Cami, yapo, llevo cinco minutos pidiéndote que me pasi el pan, ¿no vei que tengo que alimentarme por dos? No el blanco, el integral, porfa. Hay una cesta de pan integral junto a mi plato. En el momento en que se la paso a la Sofi, comienza a pesarme el cuerpo. Miro hacia abajo y tengo una guata enorme que me tapa los pies y me aprieta la vejiga. Levanto la vista, estoy al otro lado de la mesa, pálida, parece que me voy a desmayar.

No sé, siento que la Cami está perdida. Siempre me ha dado un poco esa sensación, de que realmente no sabe lo que quiere. En cuarto medio era la única que todavía no sabía qué quería estudiar. Y además era la que tenía las mejores notas. Pudo haber estudiado lo que quisiera. Medicina incluso. Pero no, se metió a Letras Hispánicas. Pa qué. Bueno, pa ser profe, bien, es bonita la pedagogía. Pero no, tampoco quería ser profe. Las demás es que lo hemos tenido clarito siempre. La Majo está terminando la carrera de ingeniería, se está sacando la mugre la pobre, es seca, eso sí, pero cuesta. Y la Cata este año ya se tituló y empezó a trabajar de enfermera. Tuvo que hacer un año completo de preu porque no le alcanzó el puntaje. Y nunca lo admitiría, no, pero yo sé que estaba hirviendo de envidia y rabia porque la Cami tenía las notas y eligió esa hueá de Letras Hispánicas. Y ahora se va a Madrid, la perla, a escribir. Obvio que la vamos a apoyar si pa eso están las amigas, y ahí vamos a estar cuando se devuelva después de diez meses de trabajar de camarera. Porque, con el dolor de mi alma, no creo que encuentre otra cosa. La Cami se hace la hueona, pero yo sé lo que piensa de mí. Me dice que está contenta si yo estoy contenta y no sé qué. Pero yo sé lo que piensa. Sé que piensa que soy tonta, que cómo se me ocurre estar teniendo una guagua con veinticuatro y sin pega estable. Lo sé. Sé que ella se cree mejor con sus libritos, con sus relatitos, con siempre estar hablando de literatura, de esta autora que no sé qué. Siempre usando palabras que no entendemos. Ay, cómo le gusta regocijarse en su inteligencia y explicarnos las cosas. Al final, ¿qué chucha sabe? Es una egoísta, escribir es egoísta. La Cata sabe salvar vidas, la Majo construir puentes y yo traigo cabros chicos al mundo. La Cami sabrá hacer un par de frases bonitas que nadie va a leer. Y yo sé que me mira con soberbia y se cree mejor, sé que piensa que estoy echando a perder mi vida. Pero lo que no sabe es que yo estoy creando futuro y ella se está dando de hocico contra una pared.

Vuelvo a ver a la Sofi, la mesa larga y llena de platos, todas las caras mirándome con sonrisas falsas. Quiero gritarles, mandarlos a la cresta, pero me sale un murmullo que suena a un globo desinflándose. Y todos lucen tan contentos, brindando, comiendo, riendo. Mis amigas se cuentan chistes que no escucho, ya no me hacen caso. Cristina está concentrada en comer. Gonzalo le está susurrando algo a la Cata al oído, se ríe y le devuelve una mirada cómplice. Mamá sigue llorando mientras papá le soba la espalda.

Grito por fin. La mesa ha desaparecido. Estoy sola, de pie en medio del comedor. Escucho las campanas del reloj de mi nono a la distancia. ¿Qué hora es? Pierdo la cuenta de las veces que suena. Aparece mamá, que me sonríe y forma una cadena de manos con papá, el Mati, la Sofi, la Cata y la Majo. Aparece Gonzalo, los ojos le brillan de lo bien que lo está pasando. Su cadena es más corta, la forma con María y Cristina. Se acercan a cada uno de mis lados. Mamá me toma la mano izquierda, Gonzalo me toma la derecha. Me preparo para el forcejeo. Pero no, no tiran. Simplemente comienzan a caminar hacia direcciones contrarias.

Segundo trimestre

MI CUERPO ERA UNA TIERRA SIN MAPA

—¿Sabes que maté a Mario Vargas Llosa? Bueno, casi.

Sé que a Gonzalo no le interesa lo que acabo de decir porque ya está en otro mood. Pero intento ralentizar un poco las cosas. Es la primera vez que tiro con alguien que me importa después del Fabián y quiero que salga bien. La secuela de haber tenido una relación tan larga siendo tan chica es la inexperiencia.

—Ah, ¿sí?

Me lame el cuello y me estremezco.

—Sí, sí, lo dije en una necroporra y al otro día lo hospitalizaron por COVID.

Levanta la boca del cuello y se ríe.

—Eres una payasa.

Y vuelve a lo suyo.

Pero no puedo evitar distraerme con la idea de este homicidio frustrado. Me mostró el peso que tienen las palabras: casi mando a un Premio Nobel al patio de los callados solo con decirlo. Y a la vez me sumergió de nuevo en mis eternos *casi:* la Cami casi mata a Mario Vargas Llosa. La Cami sacó casi la mejor nota. Casi consiguió el papel protagonista en el taller de teatro. Casi ganó el primer premio en el concurso literario. Casi fue la matrícula de honor. Pucha, casi: quedó en la reserva para la beca. Que sobreviviera me estampó otra vez en la cara mi incapacidad de ser la mejor en algo. Aunque solo fuera como asesina involuntaria, no fui suficiente como en tantas otras veces.

Como en la primera vez que tiré. Se lo conté a mis cabras con mucha vergüenza, porque mientras ellas llevaban al menos un par de años tirando y pasándola bien en el sexo, yo acababa de vivir un desastre. Y sentía que tenía que cumplir, que era parte de mi deber como buena polola. Achacaba a mi torpeza que no hubiera funcionado, a mi desconocimiento.

—Cómo fue. Cami, yapo, cuéntanos.

Nos habíamos juntado en una plaza con unas chelas de litro y un paquete de papas fritas. Estábamos sentadas en círculo y las cabras me miraban con ansias. Incluso con paternalismo. Todavía vivíamos en un momento en que «perder la virginidad» era un hito que consistía en que un hombre te penetrara. Llevaba unos meses pololeando con el Fabián y ambos éramos primerizos. Lo habíamos coordinado todo a la perfección: sabíamos de un momento en que su casa iba a estar sola durante la tarde. Nos aseguramos de que nos iba a dar tiempo a cagarla una, dos, tres veces, y a volver a intentarlo hasta lograrlo. Nos habíamos imaginado esa primera vez como te la hacen ver en las películas malas: lenta y cuidada, pero llena de amor y deseo. No fue así.

Ahora estoy aquí con Gonzalo, en su cama, pensando en si se va a repetir un desastre. Y estoy tensa en vez de caliente. Quiero decírselo, pero me da miedo arruinar el momento. Elijo morderme la lengua…, o usarla para otra cosa. Lo beso. Intento concentrarme en la humedad de nuestras bocas. Las lenguas se entretienen y borran las palabras que las hinchan. ~~Estoy nerviosa.~~ Son solo unos significantes dispuestos a llenarse de deseo. ~~Vamos lento.~~ Me suelta los labios y su lengua, mansa, deja un rastro de saliva que une las mitades de mi cuerpo como un pegamento. ~~Me gustas.~~ Se detiene entre mis piernas y en la penumbra veo la lengua formarse como una ola rosada. ~~¿Yo te gusto?~~

—Avísame cuando te vayas a correr —dice. *¿Correr?*

—¿Cuando me vaya a *ir*?

—¿Adónde te vas a ir? —se ríe. No me hace gracia.

Mientras Gonzalo sigue rebuscando como una vieja que no encuentra el monedero en la cartera, me abstraigo y pienso en esa conversación que tuve con mis cabras.

—Salió medio mal —les dije después de ese primer encuentro con el Fabián.

—¿Cómo que medio mal?

Y empezaron a hablar entre ellas sin que yo pudiera explicar nada. La Cata con superioridad porque tiraba desde los trece: ya, pero las primeras veces siempre son más pencas, no te preocupí, amiga, o sea es normal que no seai una actriz porno de una, ¿cachai? Yo arrugaba la cara porque en ningún momento pensé en parecer una actriz porno. Y la Majo: sí, obvio, con el Maikel fuimos agarrando ritmo de a poco, sobre todo al principio me dolía caleta… Podrían intentar poner incienso y algunas velitas para relajarse. Y la Sofi: amiga, mientras tú y el Fabián se quieran y estén enamorados va a salir todo bien, o sea fijo la próxima vez es increíble… Las cabras tienen razón, al principio siempre duele un poco.

No fui capaz de explicarles que no es que me hubiera dolido, es que ni siquiera había entrado nada. Fue un momento incómodo en que el Fabián me estaba besando el cuello e intentaba encontrar el camino, pero no había caso. Y yo no sabía cómo guiarlo. Y empecé: Fabián. Y él: shh, shh. Y yo: Fabián. Y él: shh, Cami, shh, tranquila. Y yo: Fabián, creo que no tengo hoyo. Y me entró la risa tonta y después el llanto y ahí quedó todo. El Fabián empezó: ya pasó, ya pasó, no importa, otro día volvemos a intentarlo, debe ser que estai muy nerviosa. Pero podía ver su decepción, y después podía ver su molestia cuando me acompañó al paradero para volver a mi casa. Estoy segura de que pensábamos igual: lo que tenía que funcionar de su parte lo había hecho y lo que había fallado era mi responsabilidad. Otra cosa que se quedaba en un casi. Otra vez atravesada por la culpa.

Fue un camino más largo de lo que esperaba y venía de un desconocimiento total. El Fabián sabía darme instrucciones con exactitud sobre lo que a él le gustaba y lo que no, pero yo no tenía ni idea. Más adelante entendería que era porque en mi deseo la mano primigenia nunca fue la mía, sino la mano grande de un hombre. Mi cuerpo era una tierra sin mapa. La primera vez que experimenté un orgasmo no tenía idea de lo que me estaba pasando. Solo sabía que me había entrado un calor muy grande en el cuerpo, una especie de paralización, y de pronto tenía los calzones mojados y al Fabián sonriéndome con suficiencia.

Ya no puedo concentrarme en el contacto de la lengua de Gonzalo, algo me retiene en esta coreografía excitante, me hace sentir ajena. Me resuena el *correr* por sobre el *irse.* Pienso en más palabras, en lo que está haciendo ahora *él* conmigo. Porque no me está *chupando,* me está *comiendo el coño.* Me incomoda imaginar que una supuesta caricia con uno de los músculos más tiernos del cuerpo se convierta en una carnicería que incluye nuestro rastro más animal.

Mientras su lengua se recrea, solo pienso en los momentos en que *comer* se tragó a *chupar, me pone* a *me calienta, polla* a *pico, follar* a *tirar* —Gonzalo se detiene, tantea con la punta—, *coger* a *agarrar, bus* a *micro, coche* a *auto* —la introduce de nuevo, empieza a removerla como un animal enjaulado—, *comida* a *almuerzo, cuarto* a *pieza, suelo* a *piso,* solo pienso en estas cotidianidades que se cambian por otras, en la pérdida de mi propia rutina lingüística, como si me hubieran reemplazado el patrón de las huellas dactilares.

En el tiempo que llevo aquí, todavía no había tenido sexo. Era un campo que aún no había explorado, en que aún no había sucedido una invasión lingüística. En otros ámbitos ya estoy cambiando, de forma inevitable me estoy volviendo otra. Una que creo que me gusta menos.

La lengua de Gonzalo es un conquistador con caballo y lanza que rebusca y me saquea. Saborea con ignorancia, con la desconfianza de quien prueba un plato exótico. El deseo se vuelve ahogo, una presión en el pecho. Y esa expulsión en forma de orgasmo se atora en mi interior como a veces lo hacen las palabras. Como cuando no supe decirle al Fabián lo que pasaba, ni a mis cabras. Empiezo a pensar entonces en el poder del lenguaje. En cómo empecé a disfrutar del sexo con el Fabián cuando dejó de decir shh, shh, y empecé a decirle así sí, así no.

Agarro el pelo de Gonzalo y él levanta la mirada: más lento. La lengua se detiene, sonríe y pasa a darme besos suaves en los muslos. Alarga una mano y sus dedos se vuelven plumas: toca el camino hacia el ombligo con una delicadeza opuesta a la dinámica anterior.

No, esta vez no me voy a quedar en un casi. Le doy instrucciones.

EL PIOLA

La Sofi nos tapaba algo con el cuerpo y se restregaba las manos, nerviosa.

—Necesito que me ayuden —y se apartó.

Vimos un bulto de polerones azul marino del que asomaba una cabeza negra con dos ojitos llorosos.

—¿Es un perro? —Nos pusimos todas alrededor de ese quiltro chico y feo. Era un cachorro, no debía tener ni dos meses.

—Pero, Sofi, ¿qué…?

—Ay, no sé, me lo encontré de camino al colegio y estaba tan solito que lo agarré en brazos y lo metí pa dentro.

—Pero ¿ha estado aquí todo el rato?

—Sí. —Estábamos en el recreo. La clase, vacía.

—A ver si va a estar enfermo —dijo la Cata poniendo una mueca.

—Ay, hueona, eri una asquienta.

La Sofi se había sentado al lado del bulto y acariciaba sus pelos de alambre. El quiltro cerraba los ojitos cada vez que le pasaba los dedos por la cabeza. A mí también me conquistó con ese hocico de dientes chuecos y me senté al lado para tocarle la guata.

—Está como hinchado, ¿o no? —La Majo se sentó también.

—A ver. Uy, no está na tan flaco pa ser de la calle.

—Es porque es guagua.

La Cata nos miraba desde arriba con desconfianza. El perro empezó a hacer un ruido parecido a un ronroneo. Se rio.

—Ya si igual es lindo, se cree gato —y se unió a nosotras.

Habíamos logrado terminar las clases sin que ningún profesor se diera cuenta de que el perro estaba escondido en el fondo de la sala. Para que hiciera pipí y caca, lo sacábamos durante el recreo envuelto en un polerón. La Sofi lo llevaba en brazos mientras la Cata, la Majo y yo hacíamos una barrera a su alrededor. Le dimos agua y un surtido de colaciones.

—No lo podemos devolver a la calle, cabras, no podemos ser tan malas.

—Pero, Sofi, yo no me lo puedo llevar ni cagando —dije.

—A mí no me mirí —dijo la Cata. La Majo se estaba mordiendo las uñas.

—A ver, calma, me lo llevo yo que mis papás no están estos días, pero mañana me lo tengo que volver a traer pal colegio porque viene mi abuela. —No era una solución a largo plazo, pero nos daba un poco más de tiempo.

Podríamos habernos acostumbrado a esta nueva rutina. Madrugar para ir a clases nos parecía lo peor del mundo pero ahora que teníamos una responsabilidad peluda, nos levantábamos de un salto. Necesitábamos el tiempo para darle su primer paseo y meterlo en su escondite de la clase sin que nos pillaran. Todavía no teníamos una solución. Habían pasado dos días, nuestros compañeros ya se habían dado cuenta, pero seguía pasando piola para los profes y, lo más importante, para la abuela de la Majo. Aunque teníamos que tomar una decisión: necesitaba ir al veterinario y comer comida de perro, no galletas ultraprocesadas y pan bimbo con jamón y queso. Lo peor de todo: nos había pegado la sarna a las cuatro.

Observo la espalda desnuda de María y me empieza a picar todo el cuerpo.

—Qué chucha.

—¿Qué?, ¿está muy mal?

—María, ¿adónde te metiste?

—Me pica mucho, Cami, ráscame.

—Ni loca, quizás es sarna.

—¿Tú crees? Ay, voy a ir a urgencias, me estoy rayando.

Y María volvió de urgencias con cara de monito atropellado. No, no era sarna como pensaba, y menos mal. Había que tener muy mala cueva para volver a tener sarna. Porque vivimos en un departamento de cincuenta metros cuadrados y si María la tiene, yo también. Pero eran chinches. Yo no había escuchado hablar de esos bichos. Creo que en Chile no son muy comunes, o al menos nunca había conocido un caso de cerca. El problema es que hay que fumigar. Fumigar implica que tenemos que estar un par de días fuera del departamento y pagar cuatrocientos euros a una empresa para que lo haga. Nuestra casera se lavó las manos: no, no, yo eso no pago, problema de vosotras, os paso dato. Y nos mandó un número al que podíamos llamar. Y ahora estamos un poco hasta el cogote.

María está opositando para profesora de lengua mientras trabaja de camarera. Es impresionante que aquí la gente se mata a estudiar para dar estas pruebas y poder trabajar en organismos públicos. En Chile las condiciones de los profesores y los médicos en la pública son vergonzosas. Pero en España a los funcionarios se les asegura un sueldo competente y trabajo hasta que se jubilen. En realidad María es la más inteligente de todas al elegir opositar. Aunque claro, son pruebas muy exigentes y está volviéndose un poco loca entre el trabajo y el estudio. Lo poco que gana lo usa para subsistir y costearse el piso, necesita un espacio tranquilo para estudiar porque en su casa le es imposible. Gastarse una parte en fumigar la va a dejar bastante justita para lo que queda de mes. Yo, menos mal, tenía algo ahorrado para inscribirme a un taller de escritura, pero me da mucha rabia tener que gastármelo en esto.

Tuvimos que hacer las gestiones rápido y barajar nuestras posibilidades. Porque claro, nos íbamos a quedar tiradas dos días. La familia de María vive en un pueblo a una hora de Madrid, pero la casa es chica y está lejísimo de nuestros trabajos. Gonzalo me había ofrecido acogerme pero no quise dejar sola a María, que estaba al borde de un ataque de nervios. Quedan cuatro meses para las pruebas y tiene que seguir su calendario de estudios al pie de la letra si quiere alcanzar a terminarlo. Y toda esta situación nos puso patas arriba. Así que Cristina, de nuevo mi santa Cristina, nos recibió en su departamento porque una de sus compañeras estaba en su pueblo por unos días y la otra se la pasaba en casa de su pololo.

—Si me pegáis los bichos, os mato —amenazó.

Llegó al departamento con guantes y mascarilla.

—Cristina, no es COVID, son chinches.

—Yo qué sé, por si acaso. —Entró y empezó a sacar de su mochila un montón de bolsas de plástico—. ¿Por dónde empezamos? —María apenas hablaba, sabía que en cuanto dijera una palabra se iba a poner a llorar.

—Cris, no es necesario que nos ayudes, con que nos recibas ya es suficiente.

—Quita, quita, voy a empezar con el salón.

Los fumigadores nos habían dicho que metiéramos todos los cojines, ropa de cama, mantas y telas que estuvieran por ahí en bolsas de plástico y los dejáramos en una esquina. María no paraba de rascarse las marcas del brazo y ya estaba punto de sacarse sangre. Los chinches eligen solo a un ser vivo de la casa, así que a mí no me habían picado.

—María, deja de rascarte y ponte la crema.

—Vale, vale. —Parecía un zombi, la pobre, tenía la cabeza en cualquier otra parte.

Cristina se había traído el auto de su polola para llevarnos a su departamento. Admiro a las personas que hacen cosas por los demás sin esperar nada a cambio. Creo que una parte de mí siempre espera una especie de recompensa, aunque sea afectiva. Pero Cristina parecía tan natural haciéndose cargo de nosotras, anteponiéndose a los chinches como una especie de heroína griega. La veía manejar mientras cantaba una canción de Lady Gaga y sentía paz. Me sentía segura.

La noche anterior había sido un torbellino: María rascándose de forma compulsiva, las dos llorando después de que la casera nos dijera que no nos iba a costear la gracia, durmiendo juntas en el sofá porque nos daba asco ir a las camas. Pero había llegado Cristina con calma y soluciones, y de repente nada parecía tan terrible. No como esa vez con el perro en que las responsables éramos cuatro cabras chicas y ninguna parecía capaz de tomar una decisión.

Así que, esa vez, sucedió lo que temíamos. Fue en la clase de lenguaje. La profe estaba hablando de *Pedro Páramo* y nos retaba porque nadie había avanzado con la lectura. Se escuchó una arcada. La profe se detuvo en mitad de la oración: ¿quién fue el chistosito? La Majo empezó a toser como loca.

—Sorry, profe, se me fue la saliva por el camino malo.

Otra arcada en medio de las toses. Carraspeé. La Cata se puso a llorar, se había pasado toda la clase viéndose las ronchas de las manos y ya no podía más de la picazón y, seguro, de pensar que le iba a quedar la piel así para siempre.

—¿Qué pasa, Catalina?

Y la Majo tose que tose.

—María José, sal a tomar agua.

—No, profe, tranqui, ya estoy bien.

—¿Qué es ese olor?

Se escuchó un gemido de asco general y todos empezaron a taparse la nariz haciendo pinza con los dedos o levantándose el cuello de la camisa. La profesora avanzó por el pasillo con el ritmo de un villano que se acerca a matar al bueno en las películas y se detuvo al lado del perro, que asomó su carita tristona entre los polerones. Lo rodeaba un charco de vómito lleno de gusanos.

Nos mandaron al despacho del director, que nos amenazó a las cuatro desde su escritorio.

—Como empiece una plaga de sarna en el colegio, van a estar en serios problemas. Niñitas, esto es muy grave. Miren cómo tienen las manos. Al perro lo quiero en la calle ahora.

La Sofi tenía al perro en brazos y se aferraba a él como a un salvavidas.

—¡No! —gritó a punto de llorar.

—Si alguna no se hace responsable y se lo lleva a su casa, no puede estar aquí. Es un colegio, no una perrera. ¿Cuánto tiempo pensa…?

—Voy a hablar con mis papás —interrumpió la Majo—. Me lo llevo yo.

Veo en el celular una foto que nos mandó la Majo, sale la Sofi con el Piola apoyado en su guatita abultada. Al final usó sus poderes de convencimiento y logró quedarse al perro.

Entre todas le pusimos Piola, porque el perla pasó piola tres días seguidos. El quiltro nos hizo un tatuaje de la amistad: a todas nos quedó una cicatriz en una mano por la sarna. Yo la tengo en la derecha, en la parte de abajo del pulgar.

Ahora tiene ojitos de perro consentido y el pelo sedoso porque la Majo lo lleva a la peluquería una vez al mes. Incluso le hace reiki cuando está nervioso y le da flores de Bach si tiene que dejarlo a solas mucho tiempo. Mira, le muestro la foto a María, que está sentada a mi lado en el sofá, pero solo esboza una sonrisita distraída. Cristina nos prestó un pijama a cada una y se puso a cocinar una sopa. Parece una olla a presión. En su silencio palpo toda su ansiedad. Le tomo la mano. Ya mañana volvemos a la casa y listo, solucionao, le digo. Asiente mordiéndose el labio pero no me mira a los ojos.

Vamos a la cocina mientras Cristina termina de condimentar la sopa y empezamos a rebuscar en los estantes. Dejo tres vasos sobre el mesón y busco los boles. María se acerca para llevarlos a la mesa, toma uno y se le resbala de la mano. Intento agarrarlo al vuelo, pero no soy tan ágil. Estalla en medio de la cocina. Cristina da un respingo y nos mira. María rompe a llorar. Mary, Mary, que no pasa nada. Pero no hay caso y llora que llora, moquea e intenta disculparse y empieza a hablar de su casa ruidosa, de sus papás que se hablan a gritos y de sus hermanos chicos que nunca dejan de pelearse, y luego de su trabajo de mierda donde la explotan y la obligan a hacer horas extras sin pagárselas, y luego del alquiler, del precio de la puta luz que cada mes nos sale más caro, y también solloza por la plata que nos gastamos para fumigar y, ay, solloza también por el tiempo, porque no va a alcanzar a estudiar todo lo que le falta y nunca va a poder ser funcionaria y va a tener que conformarse con trabajos de mierda pa toda la vida, e hipo, hipo, y más llanto y más llanto.

Me observo en sus ojos vidriosos y su angustia me atraviesa. Me acerco a abrazarla en un movimiento torpe, brusco, para evitar ponerme a llorar también y, sin querer, empujo otro de los vasos con el codo. Se precipita por el mesón y estalla en la baldosa en una lluvia de confeti cristalino. María se calla de sopetón. Cristina suspira y apaga la vitro. Tapa la sopa y contempla el desastre. Se acerca al mesón en el que estamos apoyadas y me mira, la mira. Suspira. Alza una mano lentamente, como la patita curiosa de un gato, y tira al suelo el vaso que faltaba. Un tercer estallido que se une a los escombros. María comienza a reírse y parece una loca con los ojos rojos y la cara mojada. Cristina y yo no tardamos en unirnos a su carcajada histérica. Nos agarramos las tres de los brazos para que en nuestro delirio no vayamos a pisar los cristales.

—Bueno, nenas —Cristina suspira—, vamos a limpiar este desastre. Cami, ve a ponerte zapatos, que hoy ya no hacen falta más desgracias. Venga, espabilad. A ver si mañana me pilláis en el IKEA unos vasos de puta madre.

LAS KBRAS

Cata, Majo, Sofi, Tú

Sofi
bueno cabrass
vengo de la eco
efectivamente
como lo sospechaba es porotitO
no porotitA
16:53

Cata
AAAA WEONA SABÍA
16:53

Majo
tenia taaaanta vibe de ser niñito wn
16:53

Sofi
si weona
desde el comienzo y na po
a trabajar pa que sea qien quiera menos un onvre
16:53

Cata
essooo
nos tiene a todas las cabras pa q no lo sea
16:53

KE EMOCIOOON
ay amiga que lindo esto nuevas generaciones de niños criados por chiquillas feministas
16:53

que envidia las cabras del futuro que no van a tener que andar aguantando weones
o no a tantos al menos
16:54

Cata
jajjajaja ctmm sii
16:54

Majo
Ay la cagó ke envidia jajajajaaja
con la cantidad de sacoweas ke hemos soportado nosotras
16:54

Sofi
se hará lo que se pueda
16:54

Majo
lo vai a hacer increíble amigaa
16:54

Siiiii
16:54

Cata
FIIIJO!!!
16:54

Sofi
las amo!!!!!!!!!!!
estoy emocionada igual
16:54

hoy le fuimos a comprar la cunita
16:55

ay la wea tiernaaa
16:55

Sofi
oye pero hablando de onvres y de weones jajaja
cami al final qué onda con el gonzalo??
sigue sin contestarte?
16:55

ufff es que no lo entiendo
estuvimos un par de meses super bien
y de la nada como que empezo a desaparecer
y hay semanas que me pesca y semanas que no
y le pregunto si le pasa algo y se hace el loco
siento que me llama solo cuando esta aburrio
y yo soy tonta y ando detras entonces nos vemos
y vuelve a desaparecer
y despues me vuelve a llamar
no puede ser po
16:55

Cata
ay weona
estai en un cirulo vicioso mandalo a la mierda
*circulo
16:55

siempre digo que lo voy a hacer
pero no se despues cuando estamos juntos es tan bacan
y la cosa fluye tan bien no se que es lo que tiene que
estoy tan enganchá
16:56

Majo
se llama refuerzo intermitente amiga es como droga
16:56

yiaa
tu deci?
16:56

Majo
te juro
100% real not fake
a mi me paso eso con el Gabriel
16:56

el Gabriel era un aweonao
16:56

Cata
y este cabro no?
16:56

pff no sé creo que nos vamos a ver el fin de semana
a menos de que de repente le salga de la raja
que no
es que después me dice cosas que parece que
estuviera casi que enamorado
el otro día me dijo que olía a paz
cachai
entonces me confundo
16:56

Cata
el weon poeta
yo también me enamoraría pa que andamo con
hueás jajajaja
16:56

tu fijo jajajaja
16:57

Cata
pero creo que es hora de mandarlo a la chucha
ni q tuviera el pico de oro
16:57

Majo
no se amiga es raro
ke signo es??
16:57

escorpio
16:57

Majo
chuuuuta
que??
16:57

Majo
nunca me han dado buena vibra los escorpio
ademas ahora hay mercurio retrogrado en escorpio
16:57

amiga hablame en español plis
16:57

Majo
jajajaja
te voy a mandar el blog que leo yo
sabi la hora en que nació?
16:57

no?
16:57

Cata
Majo no le metai weas en la cabeza
16:57

Sofi
quiza esta asustaoo
le tiene miedo al compromiso
16:57

sii también lo he pensao
bueno tengo que entrar ahora a la pega
16:58

Sofi
esperaaa
hacemo videollamada esta semana??
16:58

Majo
cuando pueeden??
16:58

Sofi
cuando quieran
16:58

Cata
sii yo menos martes y jueves
q tengo turno 24
los otros dias en cualquier momento
16:58

Sofi
cami tu??
16:58

pucha no se o sea el domingo no trabajo
pero voy a ir con maria a su pueblo
16:58

Majo
yaa pero en la semana?
16:58

es que tengo que juntarme con cristina
uno de estos días si o si
16:59

Cata
pero weona
no te podi hacer un ratito q sea?
16:59

Majo
hace caleta que no hacemos videollamada todas
16:59

Cata
y al final lo hacemo por ti
porque nosotras nos vemos aquí
16:59

yaa si seee
puta es que entre las 6 hrs de diferencia
que trabajo 40 horas y las cosas de la casa
siento que no me queda tiempo pa na
16:59

Cata
yo trabajo 45 y con turnos de 24 xd
17:00

Sofi
cami sipo
no seai penca
17:00

yaaa tampoco se pongan asi
después les digo tengo que entrar a la pega al toque
xao
17:00

EGOÍSTA ENVIDIOSA CELOSA IRACUNDA PERO SOBRE TODO DÉBIL

Siempre he pensado que hacer reír es tener poder sobre alguien. Lo pienso ahora mientras intento aguantarme la risa porque Gonzalo hace el tonto. Se me desborda por las comisuras de los labios, como una avalancha de abejas que escapa de un panal en riesgo. Frunzo la boca e intento ponerme seria, porque ya está bueno de esta tonterita del círculo vicioso. Del *refuerzo intermitente,* como dijo la Majo. Estoy intentando hacer un ultimátum: o definimos qué es esto o lo cortamos.

Estuve una semana entera tratando de cuadrar para juntarnos, pero le sobraban las excusas: mañana me levanto muy temprano, hoy hay fútbol, estoy malo de la tripa, no veas la cantidad de curro que tengo, chilenita. Hasta que se dio cuenta de que no me iba a dar por vencida y, rendido, me dijo que me pasara hoy por la tarde a su departamento. Anoche casi no pude dormir, me levanté temprano y estuve toda la mañana redactando en un papel lo que quería decirle para leérselo al pie de la letra. No soy buena hablando, las cosas las digo mejor por escrito.

Pero apenas entré a su casa y, en vez de besarlo, me senté seria en el sofá, Gonzalo empezó a ponerse muy nervioso.

Y cuando le dije que quería hablar de una cosa, se puso a la defensiva. Empezó a ir de un lado a otro como el péndulo de un metrónomo.

—Gonzalo, no es nada grave —le dije, ya impaciente.

Se detuvo y el brillo risueño se concentró en los ojos. Me dio mala espina. Su mirada es como la que pone un gato justo antes de arañarte, por eso cuando maúlla se siente como un premio. Puso las manos en el cinturón y sonrió.

—Vale —dijo mientras lo desabrochaba—, pero vamos a tener esta conversación desnudos —y se quitó la ropa.

No reaccioné. Él, un poco incómodo con su ocurrencia, puso el poto pelao directo en el sofá y se tapó el pico con un cojín.

—¿Qué haces?

Y ahí estaba, la risa que se me derramaba por la boca. Y ahí estaba, el brillo triunfal en sus ojos.

La primera vez que me hizo reír con soltura fue en una conversación sobre sexo. Yo le decía que no me gusta nada la palabra *follar* porque me lleva a otro sitio.

—No sé —le dije—, me recuerda al follaje de los árboles o al plumaje de los pájaros.

Me preguntó que cómo follábamos en Chile. Estábamos frente a frente en una mesa de un restaurante de tacos a un euro. Me tragué el pedacito que me faltaba y le sonreí.

—En Chile *tiramos* o *culeamos.*

A mí no me gusta la palabra *culear* y nunca la uso, pero la realidad es que en Chile se usa igual o más que *tirar.* Gonzalo bufó con una risita para dentro y pude ver a través de su mirada cómo empezaba a maquinar lo que iba a decir a continuación. No llevábamos mucho tiempo hablando, pero ya le notaba un dominio sobre el lenguaje que a veces como escritora me daba envidia: se dedica a la política, escribe discursos a algunos diputados, sabe cómo manipular y elegir las palabras precisas. Se limpió la boca con una servilleta.

—Vamos…, si hipotéticamente quedo con una chilena, e hipotéticamente surge la química, y la cosa va hacia el amor en la cama, y llegados a un punto me dice ¿culeamos?, y no tenemos sexo anal…, creo que me sentiría engañadísimo.

Y pasó lo inevitable: la risa salió disparada junto con un trozo de cilantro que cayó en la mesa como un proyectil mohoso.

Ahora, sentada a su lado mientras se cubre las pelotas con un cojín, tapo mi sonrisa con las manos para que no delate mi debilidad. Es una relación asimétrica: Gonzalo logra hacerme reír pero yo no termino de hacerle gracia. No sé si es por la diferencia de edad o porque me falta dominar el lenguaje coloquial de aquí o cultura popular o terminar de entender cómo funciona el humor en España. En Chile era graciosa y parece que aquí nadie entiende mis chistes.

Comienza a vestirse y la chispa de diversión cambia a una mueca de disgusto. La mirada como si se estuviera afilando las garras.

—Gonzalo, porfa.

—Pensé que me ibas a seguir el rollo —dice mientras se mete la polera por la cabeza.

No sé cómo lo hace, pero me siento mal y quiero que vuelva a desnudarse. Arrugo la notita que tengo en el bolsillo del pantalón. Ahora el que está molesto es él y me arrepiento de no haberme desnudado también y haber hecho de esta conversación un trámite más agradable, más risueño.

Así que digo: sí, dale, es verdad, y me quito la ropa. Me siento en el sofá cruzando las piernas. Vuelven entonces sus ojos de gato cachorro y juguetón, y se desnuda de nuevo. Estamos lado a lado, parecemos una pintura renacentista sacada de contexto.

No me puedo creer que le haya seguido el juego. Y ahora tengo que poner límites mientras me pregunto si el sofá está limpio o voy a salir de este circo con una cistitis. Para colmo me doy cuenta de que no agarré el papel antes de desnudarme y mis pantalones ya están muy lejos. Me toca improvisar. Nada más empiezo, Gonzalo me interrumpe: perdona, Cami, no puedo, me distraes mazo. Gonzalo... ¿Qué? Empieza a reírse y me contagia porque la situación es absurda. No sé muy bien cómo sucede ni cómo se dan los hechos, pero terminamos en su cama sin hablar de nada.

Gonzalo me hace peor persona. Por él rechazo planes por si acaso me escribe. Me hace sentir envidia de todo aquello a lo que mira, sonríe o habla. Me convierte en una persona posesiva. La teoría me la sé, así no debería funcionar el amor, pero con él me vuelvo egoísta envidiosa celosa iracunda y sobre todo débil, tan pero tan débil, que incluso dejaría que me explicara *El Padrino.* Lo que siento por él debe parecerse a comprar una camiseta *fast fashion* que dice *Feminist* y está hecha por mujeres explotadas en Bangladesh.

Estoy sobre su cuerpo mientras pienso en esta última idea. Reboto reboto reboto. La calentura se me vuelve rabia. Ira. Me genera contradicciones, desarticula mi fuerza de voluntad. Me muevo encima de él y lo veo tendido en el colchón como una estrella de mar. Reboto reboto reboto. Sonríe y entre los dientes vislumbro su debilidad. Me enfurece su placer. Con una mano lo agarro del pelo: quiero arrancárselo. Con la otra le aprieto el mentón. No es suficiente: le doy una cachetada. El silencio que la sigue es limpio: el puño cerrado de un director de orquesta. Me detengo un momento, contengo la respiración. Espero su desconcierto, su respuesta furiosa. Pero el golpe ni lo enoja ni lo trastorna: lo calienta. Suelta una carcajada y continuamos hasta terminar sudados y rendidos.

Cuando salgo a la calle me doy cuenta de que ya no tengo el papel en el bolsillo. Una parte de mí espera que se haya caído en el departamento de Gonzalo. Ojalá lo encuentre y la escritura cumpla el rol que yo no tuve el valor de hacer. Tengo la piel pegote, la ropa me cosquillea el cuerpo como un recuerdo de las risas que me llevaron a este punto. Me noto sucia. Gonzalo ha construido un fuerte entre nosotros y no quiere escucharme, no quiere entenderme. Creo que una parte de mí no es capaz de plantarle lo que siento porque sabe cuál va a ser la respuesta. Sé que quiero más de lo que está dispuesto a darme. Sé que poner las cosas sobre la mesa significaría perderlo.

Les escribo a María y Cristina para juntarnos en nuestro bar de confianza. «Es urgente!!!!!». Al llegar, ya están en la terraza con tres copas de vino servidas. Me reciben con un abrazo y un beso sonoro en la mejilla. Qué ha pasado. Intento explicarlo pero me pongo a llorar nada más abro la boca. Me enoja mi reacción y me limpio las lágrimas con brusquedad. Qué pasa, cariño. Cristina me pasa la mano por la espalda. Empiezo con lo que más me frustra, que es que no fui capaz de poner mis límites con Gonzalo, de terminar con este jueguito sin sentido, y luego les cuento cómo fue todo, que se desnudó nada más le dije que quería hablar de una cosa. ¿Que se desnudó?, asiento mientras me pongo roja. María hace un ruido raro y Cristina comienza a morirse de la risa. Lo siento, lo siento, es que está puto loco…, se limpia unas lagrimitas. Es que… Vuelve a reírse hasta que termina por contagiarnos.

Recuperamos el aliento y empiezo a relatar la historia con detalles. Apuramos una copa de vino tras otra. Con ellas es tan fácil hablar, no les importa escuchar mis lamentos mil veces. En cada ocasión tienen nuevos consejos, nuevos chistes con los que subirme el ánimo, nuevos insultos contra los hombres, nuevas palabras de cariño. Cuando encaramos la tercera copa, vuelvo a recordar cómo Gonzalo se empelotó y se tapó el pico con un cojín, y de nuevo nos atragantamos en carcajadas.

Sí, hacer reír a alguien es tener poder sobre esa persona. Es como un Kojak. Le entregas una parte delicada de tu cuerpo, tu lengua, tu paladar, y tienes que establecer una coreografía precisa para no morderlo antes de tiempo y para que, si se rompe, no te corte. Pero si se establece el equilibrio, es una experiencia dulce, prolongada y, al llegar al chicle, solo sientes satisfacción. La risa es un arma de doble filo, pero hoy creo que también es lo que me hace amiga de María y Cristina. Tengo la impresión de que ya las quiero. Las miro y me doy cuenta de que es así porque si en un futuro me devuelvo a Chile, voy a echar de menos justo este momento.

UN AUDIO DE WHATSAPP EN POR DOS

Antes de que me llegara la regla por primera vez, me preocupaba mucho el relato. Cómo iba a hacer para que mis papás lo supiesen sin pasar por el ritual humillante de: familia, tengo que informarles algo. Según estos constructos sociopatriarcales, he dejado de ser una niña. Imaginaba a papá desde la cabecera de la mesa alzando la copa y brindando por el nuevo vientre fértil de la familia. No, no era capaz. Aunque mamá tenía que saberlo, alguien me tendría que comprar las toallitas higiénicas y enseñarme a ponérmelas. Alguien tendría que entender esos días de impaciencia y de dolor de guata intenso. Incluso llegué a imaginar cómo se los contaría. Lo haría con escándalo. Apenas viera la sangre en mis calzones con vuelitos y tan grandes que parecen pañales, gritaría: MAMÁAAAAA, ESTOY SANGRANDO. Y con eso bastaría, se enteraría toda la casa y me ahorraría explicaciones.

Pero no fue así. Como si lo hubiese presagiado, al día siguiente de ese plan ridículo fui a hacer pipí y al limpiarme, el papel estaba manchado. Miré la sangre, fascinada. No sé si fue la impresión, o el deseo de tener algo solo mío, o incluso el miedo, o probablemente la vergüenza, pero me limpié tres veces, hice un rollito de papel confort, lo fijé en el calzón, me levanté y me encerré en mi pieza. No fue hasta el día siguiente, la quinta o la sexta vez que fui al baño y vi el papel ensangrentado, en un momento en que sabía que solo estaba mamá en la casa, que grité: MAMÁAAA, VEN. Actué como si fuera la primera vez que lo veía y no la sexta. Y mamá me enseñó a ponerme las toallitas, me dio un naproxeno y compartimos el secreto entre las dos.

Se lo conté a la Cata en una videollamada de Messenger, a pesar de que ya había pasado una semana y que la había visto todos los días en el colegio. Preferí la privacidad de las pantallas. A la Cata ya le había llegado la regla hace un año. Nos lo contó en un recreo sin darle importancia. Nos dijo que era bacán y que ahora le iban a crecer las pechugas. Que a final de año se iba a ver regia con el bikini en el paseo de curso. No le habían crecido demasiado todavía, pero sus botones eran más abultados que los de todas.

Yo ahora uso tampones, me dijo, y se paró a buscarlos en alguno de los cajones de su pieza. Me los mostró, abrió uno y todo para enseñarme cómo era que se los ponía. Pero ¿eso no te quita la virginidad?, pregunté pensando en esos mitos urbanos que decían que los tampones te rompían el gimel o hímel o como fuera que se llamase, igual que andar mucho en bicicleta. Pero, Cami, yo estoy *pololeando,* dijo saboreando las sílabas como si chupara un Kojak en cada o. Miré mi imagen en la pantalla pequeñita de la esquina, los ojos preguntando qué tiene que ver eso y en el fondo mis pósteres de los Jonas Brothers. La Cata esbozó una sonrisa, pero era agria y la sentí súper lejos, como si estuviera en otro país y no en una casa a tres calles de la mía. Cami, se rio nerviosa, el Mario ya va en cuarto medio. Y abrió mucho los ojos como diciéndome que espabilara.

Se me vino a la mente las imágenes de la Cata con el Mario en el recreo: él agarrándola súper cerca, con la mano bien puesta en su cintura pero con un dedo demasiado cerca del poto. De los besos que se daban con la lengua bien adentro, que más de una vez el inspector tenía que retarlos y decirles los quiero aplaudiendo y silbando, aplaudiendo y silbando. Y la Cata me empezó a contar cómo fue, no había sido hace tanto, la semana pasada no más. Ella le tuvo que mentir a su papá y decirle no sé cuántas veces que la mamá del Mario estaba en su casa, que se quedara tranquilo. Dijo que todo se sentía raro, que todo daba muchas cosquillas. En un momento dijo: Mario, para, porque se acordó de su papá diciéndole que confiaba mucho en ella y se sintió culpable, pero el Mario le decía que tranqui, que no pasa nada, que pucha que estai rica, mientras le quitaba la corbata y le subía el uniforme. Olís súper rico, y le subía la camisa blanca y se sorprendía al encontrar un sostén elasticado y no uno con broche. Mira que me lo haci difícil, le dijo riéndose mientras se lo sacaba por encima de la cabeza y le tiraba un poco el pelo hasta que pudo meter la cara en su pecho. Y por fin se deshizo de los calzones, esos calzones tan grandes que parecían pañales. A mí me costaba imaginarme a la Cata entre las manos gigantes del Mario. El Mario, que me parecía un poco hueón porque yo era una niña de muy buenas notas y él había repetido cuarto medio. El Mario, que ya tenía que estar en la universidad y el muy hueón seguía en el colegio. La Cata terminó el relato y a pesar de la mala calidad de la pantalla podía verle las mejillas encendidas y la mirada cabizbaja.

Y no sé por qué pienso todo esto mientras me atraganto con una ensalada fome, mientras me la voy metiendo rápido en la boca para evitar decirle algo. Mientras estoy en un restaurante de comida preparada donde me citó Gonzalo. Me dijo que solo tenía cuarenta minutos. Apenas nos sentamos y dimos el primer bocado, empezó hablar como un audio de WhatsApp en por dos. Al principio no entendía por dónde me iba a salir, pero ahora escucho cómo su discurso se va tejiendo hacia un lugar que me da vértigo. Asiento, evito mirarlo y engullo otro trozo de lechuga, más coliflor, otra aceituna; así me distraigo y me libro de decir nada. Hace preguntas a las que sé que no quiere que responda, y no lo hago porque estoy demasiado ocupada tragando. Ni siquiera me mira mientras sigue vomitando un relato que parece igual de forzado que el que yo ideé en mi cabeza para contar que me había llegado la regla.

Termina y tiene la cara enrojecida, pero la barba se lo disimula. Me pregunto en qué mentira he vivido todo este tiempo. O, más bien, qué mentira me conté a mí misma. La cara de Gonzalo me parece escrita en Comic Sans: se produce el mismo develar que cuando era chica y la usaba siempre hasta que me dijeron que era la tipografía menos seria. Debería tener la sensación de que se ha roto algo, pero solo percibo un vacío pesado en el estómago. Un vacío que no me deja seguir con la ensalada porque ocupa un espacio demasiado grande.

De niña me gustaba apoyar el pecho contra el columpio para mecerme. Llegaba un punto en que la presión me provocaba ganas de llorar. Pero en vez de parar y separarme, elegía quedarme ahí y sentir cada vez con más fuerza la presión de la superficie de madera contra mi cuerpo. Creo que es eso lo que me pasó con Gonzalo: me subí en su columpio con el pecho. Y ahora pienso en la Cata y en cómo ella se creyó que era más grande. Se inventó que era una mujer que tiraba y no una niña a la que apenas le había llegado la regla hacía un año. Y hoy, sentada frente a él, comprendo que yo construí un Gonzalo que no existe.

Me siento tan tonta como cuando empujo una puerta que dice «tire». Soy ingenua por haberlo creído un refugio en un país en el que me faltan abrazos, y él me los ha dado. En un país en el que todavía no tengo caricias, y él ha tenido de sobra. Me quise convencer de que para hacer tuya una ciudad era necesario enamorarse en ella. Quizá por eso, atrapada en medio de una miseria afectiva, me lancé a sentir tanto en tan pocos meses. Entiendo que pequé de intensa y me avergüenzo. Porque mientras él suelta a borbotones que volvió con su ex y que ha decido apostar todo por ella, yo me doy cuenta de que me inventé un amor.

UNA PRUEBA FÍSICA DE UN FINAL

Me gustaban los viajes largos en auto porque podía inventarme cuentos, teleseries completas. La Cami es más buena pa dormir en los viajes, se sube al auto y se queda raja, decían mis papás. No sabían que realmente no dormía, que me mantenía todo el tiempo cruzando historias, buscándoles salida, conflictos, soluciones. Era como tejer una bufanda larga con pensamientos. Anda en la luna, decían en el colegio. Pero no, andaba mucho más cerca: pensando en cómo iba a terminar la historia de los papás de la Majo, la de la Cata con el Mauro, en qué mentira iba contar la Sofi la próxima vez que la pillara metiéndose los dedos en la boca después de almorzar. Andaba completando experiencias y adelantándome a ellas para vivir la realidad de una forma más intensa y entretenida.

Estaba segura de cómo iban a resultar las cosas para la Sofi. Ya había completado su historia, lo tuve que hacer en mi cabeza, porque ella cada vez se cerraba más, se escondía mejor y mostraba menos. Ese relato aún debe estar escrito en algún archivo de Word perdido en un computador que no estoy segura si mis papás botaron. Decidí que un día se iba a desmayar en clase, justo después de que con mis amigas la sermoneáramos y la hiciéramos entrar en razón. La profe iba a tirar la tiza al suelo, el Diego que estaba enamorado de ella (aunque ella repitiera una y mil veces que no, que no dijéramos tonteras) se abalanzaría y colocaría las rodillas bajo el pelo color Cola-Cao de la Sofi. Llegaría su mamá a buscarla y vería las ojeras y lo flacas que se le habían puesto las patas en tan poco tiempo. En menos de una semana la Sofi ya estaría bien, diría que nos tuvo que haber escuchado, y lo solucionaríamos compartiendo una pizza mientras veíamos la tercera película de *Crepúsculo* y suspirábamos por Robert Pattinson.

Nunca hubiera imaginado que las cosas iban a ser bien distintas. Mucho más lentas. Que iba a llegar un punto en que nos íbamos a acostumbrar a ver a la Sofi como un zombi, que no nos extrañaría verla con los pantalones del colegio en verano cuando todas andábamos con el jumper corto. Que su cara color pan bimbo era tan normal como las mejillas rosadas que solía tener. Íbamos a dejar de cuestionarnos por qué nunca comía colación y por qué en la hora de almuerzo desaparecía. Mejor dicho, íbamos a dejar de verlo. Todo iba a ser tan paulatino que simplemente cometeríamos el peor error de cualquier escritor: no ver los detalles.

Así que cuando la tuvieran que internar por una perforación del esófago, a todas nos tomaría por sorpresa. A todas nos entraría el llanto tonto y la culpa de no habernos dado cuenta. En secreto se lo recriminaríamos a su mamá, que siempre le dijo que estaba muy rellenita, que la ponía a dieta de pollo pálido con lechuga, que le hacía los sándwiches de atún con esa mayonesa light, que es tan mala y sabe a pasta de dientes. La culparíamos a ella para no culparnos a nosotras, que nos quejábamos todo el día de nuestra grasa inexistente y veíamos fotos de las famosas en la revista *Tú* y anhelábamos esas patas flacas, esos brazos de fideos. Nos peleábamos por ver a quién se le veía mejor el jean a la cadera, por quién tenía la guata más parecida a la de Britney Spears. Nos metíamos un pantalón talla 36 y las poleras talla s a la fuerza, ¿en serio eri M? Yo es que ahora tengo que usar XS. No pude anteponerme a la realidad de la Sofi, y a muchas otras tampoco.

Incluso fantaseé con el futuro ideal de las cuatro. Lo visualizaba tanto y tantas veces que es como si lo hubiese escrito en papel. Empezó a circular en mi último año de colegio, cuando todavía la esperanza parecía inagotable y las posibilidades, múltiples. Lo íbamos a lograr todo. Y ese todo era terminar la carrera a tiempo (¿qué es a tiempo?), encontrar un trabajo de lo nuestro y, por lo tanto, que nos gustara (ilusa), comprar una casa (¿ya me llamé ilusa?) y formar una familia (qué bonito). El todo correspondía a la situación de bienestar heredada por nuestros papás, y eso que, si mirábamos bien, ninguna tenía un ejemplo que calzara con ello de forma precisa. Lo máximo que podemos envidiarles es cierta estabilidad laboral y económica. Pero, hoy, ¿por qué no me produce envidia mi papá que lleva treinta años trabajando en la misma empresa de lunes a viernes de 9:00 am a 18:00 pm? Es algo que mi cuerpo anhela (la ausencia de cambios abruptos, la falta de incertidumbre) pero a la vez rechaza (la ausencia de cambios de ningún tipo, la estabilidad plana).

Sin embargo, de adolescente deseaba e imaginaba ese futuro. Era un futuro en que las cosas habían salido como quería en Chile y no tenía la necesidad de salir arrancando, un mundo en el que todavía no me enfrentaba a la apatía. Si me concentro aún puedo visualizarlo, no se ha borrado del todo. Esa realidad paralela se ve como una película en VHS: estoy caminando de vuelta a casa, es un departamento luminoso y con balcón que me queda a tres cuadras del colegio subvencionado en el que doy clases de lenguaje a jornada completa.

Es viernes, fue una semana dura pero satisfactoria. Logré que un repitente se leyera *Cien años de soledad.* No solo que se lo leyera, le gustó y me pidió que le diera una lista de libros que fueran como ese. La última luz del día se drena tras los edificios grises y sonrío pensando en la lista que escribiría ese fin de semana para llevársela el lunes. Soy esa profesora que logra que los alumnos se interesen por mis clases, la que va a lograr despertarles el interés por la literatura. Soy joven, me respetan, les caigo bien, mis clases no son como las del resto.

Llego a casa y las luces están encendidas. Huele a pan tostado y escucho el hervidor funcionando. El Fabián se asoma por la cocina y me sonríe. Lleva la camisa desabrochada y sus pantuflas desentonan con el pantalón del terno. Su corbata cuelga en uno de los extremos de una silla del comedor. Le doy un beso y lo ayudo a terminar de poner la mesa para tomar once. Hablamos del día y en un par de horas estoy en un bar con mis amigas tomándonos una jarra de mojito. Todas han pasado por el mismo camino hasta llegar a esta mesa de cristal con un QR pegado en una esquina. Todas caminaron desde su trabajo ideal —clínica privada para la Sofi y la Cata, una empresa minera para la Majo— a un departamento que comparten con sus parejas y algunas también con un gato guatón.

Nos reímos al recordar momentos de nuestra infancia, cagadas de nuestra adolescencia y chistes internos. Nos contamos nuestros planes a futuro: la Sofi se acaba de comprometer, la Cata va a empezar una especialización en enfermería quirúrgica, la Majo está pensando en irse a un retiro espiritual a la India y yo en adoptar un perro. Estamos radiantes, con el cutis y el pelo perfectos, no hemos cumplido todavía los veinticinco y tenemos el colágeno intacto. El brindis que hacemos con los mojitos parece coreografiado. Si nos sacaran una foto sería ideal para un anuncio de empresa de turismo. Pero el VHS es tragado por el reproductor. Se queda pegado y por más que le dé porrazos no tiene caso. La tele se apaga en un repentino fundido a negro.

Hasta ahora mis ficciones nunca le han ganado a la realidad. No pude anteponerme a la enfermedad de la Sofi. No tuvimos nunca una conversación con ella, no se desmayó en clase. Un día simplemente no llegó. Su asiento en la sala de clases estaba vacío. El WhatsApp que le escribimos, «Sofi, vai a venir??», se quedó sin contestar. Más tarde nuestras mamás nos llamarían casi a la vez para contarnos lo que había pasado. Las tres exclamaríamos «¿qué?», y ellas intentarían explicarnos con las palabras más simples, como si contaran un cuento, qué significaba una perforación de esófago. De manera inevitable nos entró pánico. La muerte, esa concepción tan abstracta que asociábamos al papá de la Sofi, a los desastres que veíamos en las noticias, a Michael Jackson y a Jesucristo, ahora comenzaba a hacerle sombra a nuestra amiga. Y era tan flaquita que nos aterrorizaba que esa oscuridad se la tragara sin que nos diéramos cuenta, de la misma forma que no nos dimos cuenta de todo lo demás.

Tampoco logré acertar nuestros futuros inmediatos. Yo entré en pánico en las prácticas de pedagogía al darme cuenta de que no tenía la vocación para hablar en público frente a adolescentes ariscos. La Sofi quedó embarazada sin quererlo apenas terminó su contrato laboral. La Cata acaba de terminar la carrera y trabaja cuarenta y cinco horas semanales más extras en un hospital que la explota y que no tiene los implementos necesarios para que pueda hacer bien su pega. La Majo sigue peleándose con los últimos ramos de la U mientras se mata en unas prácticas donde no le pagan ni un peso. Todas viven con sus papás, menos yo, que comparto un piso de cincuenta metros cuadrados a un precio absurdo. Todas nos gastamos la plata que no tenemos en productos de skin-care que nos destruyen el PH y nos pasamos las pocas horas libres del día pegadas al celular, envidiando otras vidas que nunca vamos a tener.

Los hechos no se desarrollan como imagino pero, aun así, sigo queriendo anticiparme a ellos. Supongo que se debe a una mezcla entre ansiedad y necesidad de control. A veces lo hago incluso como una forma de evadir la realidad. Prefiero la adrenalina de acabar un relato a la que experimento al vivir. La primera es más intensa y satisfactoria, porque soy la única causante. Produce menos vértigo: yo creé el resultado.

En mi último encuentro con Gonzalo, en ese fatídico atragantamiento por lechuga escarola, no fui capaz de decir nada, de hacer preguntas. Terminó de vomitar su relato aprendido y en vez de mirarme a los ojos, miró su reloj. Yo asentí. Y me dijo me tengo que ir pero si quieres en otro momento hablamos con más calma. Le dije que sí, que yo le hablaba, que se fuera tranquilo. Pero ha pasado un mes y no he sido capaz de abrir la conversación. Él tampoco.

No es que no haya podido, es que una parte de mí no quiere saber nada más ni volver a vernos. Porque me tendría que detener a explicarle por qué me siento como un trapo sucio, por qué me importa. Tendría que decirle que para mí estos meses sí que significaron algo. Y si lo hago, si le digo todo eso, lo más probable es que me mire con extrañeza, que incluso se aparte un poco, levante las cejas con ese gesto irónico que le radica en las arrugas de la frente y piense que estoy loca. Es probable que se pregunte de dónde salió toda esa pasión que él nunca ha sentido. No sabría explicarle que de mis dedos sobre el teclado, de todas las palabras que le dediqué. De las ficciones que creé alrededor de su idea. Escarbé en Gonzalo como un perro en la tierra. Quise desenterrar las expectativas que tenía sobre él, los anhelos, las ganas de satisfacer mi necesidad de cariño. Ahora no podía permitirme que la realidad me aplastara y me recordara que nunca tendría el control, que la vida tiene más palabras de las que puede manejar mi memoria.

Esa parte de mí que no quiere enfrentarlo, la Cami de antes (¿antes de qué?), elegiría usar esas mismas ficciones que fueron capaces de maximizar la experiencia con Gonzalo para usarlas a mi favor. Elegiría, una vez más, reescribir lo que pasó. Contarme un cuento cursi y bonito.

En ese relato estamos en un restaurante barato de comidas preparadas. Me pido una pizza margarita. Esta vez puedo ver otras cosas aparte de la cara de Gonzalo, que se pone roja a medida que su discurso avanza. Puedo ver que en la mesa de atrás una mujer come una hamburguesa, le chorrea kétchup por las manos y agarra una servilleta nueva después de cada mordisco. Las servilletas sucias se acumulan alrededor del plato como un rebaño de ovejas que se desangran. Muerdo la pizza y el bocado es una caricia al paladar, cumple su labor de consuelo a las palabras de Gonzalo, que no me están gustando. Detiene mi mano cuando la acerco a agarrar el tercer pedazo y la sostiene entre la suya. La mujer de la hamburguesa se queda sin servilletas y tiene que lamer el jugo de la carne entre los dedos.

Me concentro en Gonzalo, los ojos son suaves y las cejas están calmas como dos nutrias nadando de espaldas. No hay ironía escondida en las arrugas de su frente. Por fin me escucha y tengo la seguridad necesaria para decirle lo que necesito. Cada palabra que sale de mi boca encuentra su lugar en el espacio. Me responde a todo «yo también». Pero a veces hacer funcionar una relación es algo muy complejo. A veces, el dispensador se queda sin servilletas, o las servilletas son muy malas y parece que en vez de limpiar el kétchup, lo esparcen y magnifican las manchas. Y hoy, en este relato, directamente no hay servilletas. Las cosas entre nosotros no van a poder ser. Me entra una pena y un odio a las circunstancias que se anteponen a los sentimientos. Pero a la vez estoy tranquila porque me dijo muchos «yo también». Y en ese ramo de adverbios se demuestra que me ha correspondido, que en todo momento ha sentido lo mismo que yo.

Habría escrito todo eso, puesto el punto, cliqueado el botón de guardar y cerrado el archivo. Admiraría ese documento como una prueba física de un final. Me permitiría vivir el dolor de lo ocurrido porque significaría lidiar con el fin de una pasión, pero no con la consciencia de que nunca existió. Y en ese relato ambos habríamos llorado, ambos habríamos perdido.

Eso es lo que hubiera hecho antes. Pero hoy, en vez de lanzarme al teclado del computador, me lanzo al del celular. Le escribo un mensaje largo, parece una torre alzándose en la conversación de WhatsApp. Expongo todo, no me dejo nada. Dos horas después, recibo cuatro palabras en respuesta:

no sé q decirte...
20:34

ESTAMOS SOLOS

Era una antorcha en medio del cielo. Parecía que iba a quemar las nubes y atravesar la atmósfera hasta llegar al espacio exterior. La gente había entrado y sacado cuadros, crucifijos y figuras de santos. Vi a Cristo y a la Virgen María salir por la puerta del templo y acabar en un montículo en medio de la calle. Me quité la bandana de la boca como si eso me permitiese ver mejor el espectáculo y clavé los ojos en las llamas. La marcha y los cánticos ya se alejaban. Se silenciaron las sirenas y los petardos a mi alrededor, la nariz dejó de picarme a causa de las lacrimógenas. Solo se escuchaba el crepitar de las llamas.

—Cami, vamos. Se va a acabar luego la marcha, está quedando la cagada. —La Cata me agarró del brazo, pero yo la sacudí.

—Un rato más.

¿Acaso no era consciente de esa lengua de fuego apoteósica? Si al final es verdad que Dios existe, se parecería a este espectáculo: Dios es una iglesia en llamas.

Desde que éramos chicos nos dijeron que a la iglesia había que entrar en silencio y en una fila ordenada, porque era la casa de Dios y a Dios se le respeta. En la oración de la mañana hay que estar calladitos y rezar el padrenuestro con atención, persignarse bien, con la mano derecha; por algo tienen cosida una cinta roja en la muñeca, para que no se confundan. En este colegio no entran niños sin bautizar, ¿con papás que no están casados? Ni hablar. Aquí se respetan los sacramentos del Señor. Y así, a medida que escuchábamos estos discursos cuyas doctrinas nos enseñaban como cuando te enseñan que después de cada comida hay que lavarse los dientes, se nos forjó un presunto respeto hacia la figura de un hombre con barba que descansa en el cielo sobre unas nubes de un blanco grotesco. Veíamos la cruz que colgaba encima de la pizarra como una especie de vigilancia omnipresente.

Al principio nos llevaban a la capilla, un sitio más pequeño y acogedor donde la profesora de religión nos hacía orar con canciones infantiles, así se ahorraba algunos bostezos y berrinches de aburrimiento. El lugar me daba la sensación de cueva, como una especie de madriguera iluminada con velas. Pasábamos del escándalo del patio a otro microclima en que el aire era más frío y denso, y la iluminación, más tenue, y todo eran susurros y una sensación de alerta a equivocarse.

En esa cajita que ven colgada ahí arriba, decía la profesora, duerme Jesús. Siempre que está encendida esa ampolleta, es porque Jesús está ahí dentro durmiendo. Yo no entendía cómo Jesús cabía en esa cajita tan chica, ni por qué nunca salía a recibirnos ni a saludar. Pero me quedaba atenta a la lucecita durante toda la oración, a ver si se apagaba de repente y teníamos que hacer algo porque Jesús se había despertado o, peor, se había muerto y ya no podía seguir durmiendo. Y en ese pensamiento me confundía de nuevo, porque Jesús ya se había muerto hacía mucho tiempo, pero después resucitó y después… ¿qué? ¿A dónde se había ido? ¿Jesús y Dios eran la misma persona? ¿Uno tiene barba canosa y el otro barba café y ambos descansan en sus respectivas nubes mientras nos observan a través del crucifijo que cuelga sobre la pizarra de nuestra sala de clases?

La capilla no solo se caracterizaba por esa cajita en la que el vago de Jesús se la pasaba durmiendo. Estaba *la* alfombra. Una alfombra circular que parecía imitar el mundo pero de una forma mandálica. Tenía animales, humanos y naturaleza dispuestos en diferentes circunferencias. Lo más importante era que la alfombra representaba a Dios y, por esa razón fundamental, no podíamos pisarla. Porque a Dios se le respeta. Con solo ocho años, hacíamos equilibrios imposibles para evitar ese pedazo de tela, pasábamos con lentitud extrema por su lado, casi de puntitas, con los ojos bien abiertos y aferrados a la pared. Cuando alguno fallaba y la pisaba sin querer, los gritos ahogados traspasaban nuestras caras como si estuviéramos haciendo la ola en un concierto. ¡¿Qué hiciste?! ¡Profe, profe, el Joaco pisó la alfombra!, recriminábamos y apuntábamos con el índice acusador. Más de alguno terminó llorando por la culpa de haber pisado a Dios. Porque el respeto y la adoración se nos inculcó con la idea del pecado y del infierno. No sabíamos que en nuestra adolescencia nos haríamos adictos al fuego.

Nuestra rebeldía se expresó de otras formas, no nos rebelábamos a lo que representaba la religión en sí. Hicimos la oración matutina cada día desde que teníamos cuatro años hasta los dieciocho. Muchos de nosotros nos confirmamos, todos hicimos la primera comunión. No es que todos fuéramos súper religiosos y que la doctrina del colegio hubiera sido efectiva, lo cierto es que existieron las dudas, los debates, las recriminaciones a la Iglesia católica, existieron los compañeros que decidieron que eran ateos o agnósticos o que creían en Dios pero no en la institución. Hubo muchos que dejaron de creer de chicos y que no se persignaban en la oración matutina ni mascullaban el padrenuestro medio dormidos. Aun así, dentro de todo, existía este respeto absurdo por esos objetos sagrados. Nadie nunca rompió una cruz, ni hizo escándalo en alguna misa obligatoria, ni intervino el pequeño altar que había en cada sala de clases. Una vez incluso nos llevaron a la capilla cuando éramos más grandes, tendríamos quince o dieciséis años: ninguno pisó la alfombra.

Pero ese fuego, esa rebelión, ese coqueteo con el pecado estaba en nuestra piel, en nuestras hormonas alborotadas, en nuestras ganas de sentir algo que se escapara del control que nos venían imponiendo desde antes de aprender a leer. La Majo lo expresaba cuando tiraba con el Maikel en cada uno de los rincones posibles del colegio: en la sala de clase vacía con el crucifijo sangrante de Jesús que los miraba atentamente o en una esquina del patio trasero en que había una escultura de la Virgen María, daba lo mismo. La Majo me decía que se iba con los ojos abiertos mientras observaba esa figura y pensaba en lo que se había perdido la Virgen y que ella gozaba con tanta frecuencia.

La Sofi lo hacía al evitar la comida, al anhelar un cuerpo sexy, cuando se odiaba en el espejo y deseaba que todos se enamoraran de ella. Exigía en cada ausencia de bocado tener un abdomen plano por el que le pasaran la lengua, un poto liso y sin celulitis en el que le hincaran los dedos. A veces, para no pensar en el hambre, se tocaba y soñaba con ese día en que por fin se sintiera deseable como ella quería, ese momento en que la dejaran de ver con ternura y la empezaran a ver con esa hambre corrosiva que la acompañaba desde el día en que decidió dejar de comer.

La Cata desafiaba con su promiscuidad, con la exposición de su cuerpo precoz, con estar un paso por delante de todas en todo. Con su jumper corto con el que se paseaba entre los curas, cuando se ponía un *gloss* color cereza durante la oración, o cuando le susurraba cosas cochinas a su pinche de turno enfrente del cartel que anunciaba el viacrucis del domingo. La respuesta de mis cabras a la religión era un desbocamiento de una sexualidad que nadie se molestó nunca en enseñarnos a moldear. Porque en la religión hay muchas vírgenes y santas, y la historia de María Magdalena empieza después de que Jesús la salva de sus malos pasos.

Yo, en cambio, creo que nunca encontré mi punto de fuga para desafiar ni a nada ni a nadie. Iba tres pasos por detrás de la Sofi y la Majo, y diez por detrás de la Cata. Fui de las pocas que se confirmaron, participé de las comunidades juveniles que se juntaban cada viernes a reflexionar y hablar de la misión de Jesús. Rezaba todas las noches y me persignaba cada vez que iba a hacer algo potencialmente peligroso (como subirme a un avión). Empecé a tomar alcohol en el último año del colegio. Pero allí me portaba bien, sacaba buenas notas, mi jumper era del largo correcto, me ofrecía a hacer la oración y a pasar el canasto con la ofrenda en la misa.

Así como ninguno de mis compañeros, en su mayoría ateos o agnósticos o indiferentes, pisó la alfombra el día que volvimos a la capilla, yo había mantenido ese respeto por lo sagrado. Pero ahora, en medio de ese caos de cánticos, lacrimógenas y sirenas, entendía el fuego. Miraba la puerta de madera de la iglesia ennegrecerse, la cruz de la punta arder en una especie de rito divino. Veía la rabia y la impotencia de las personas en ese fuego. Se escuchó un crujido, como si el templo también estuviera manifestándose. La cúpula en llamas se desplomó y derramó el incendio por la calle.

¡Cami, Cami! Levanto la vista esperando ver a la Cata insistiendo en que nos vayamos, que ya vienen los pacos. Pero es María: con tu cadenita, Camila, con tu cadenita. Apunta la cadena de oro de la Virgen con el niño Jesús que cuelga en mi pecho, un regalo de mi abuela para mi primera comunión.

La primera vez que María la vio me preguntó si era religiosa, sonrió, pero vi el brillo irónico en sus ojos, la desconfianza. Le respondí que ya no tanto. La cadena la uso como un accesorio, le dije. También es cierto que la uso como un recuerdo de mi abuela y como una especie de amuleto. Creo que representa un pedacito de esos cuidados superiores a los que una le entrega la vida cuando no tiene idea de lo que se está haciendo con ella. Me la agarro cuando estoy nerviosa, me transmite una sensación de cable a tierra.

Aprieto la medallita con fuerza mientras María insiste: con tu cadena, Cami. Estamos encerradas en el baño de la disco. Miro el cartel de la puerta: Solo una persona. One person only. Gracias. Thanks. Y una pintada que dice: aki empezaron las trastaaaaadas. María está esperando a que reaccione, la pastilla fucsia de MDMA que descansa sobre el contenedor de papel higiénico, también. No podemos partirla con las manos y no nos atrevemos a tomarnos la mitad cada una, es la primera vez que la probamos.

Me vibra el celular en el bolsillo de los jeans y sé que es del grupo de WhatsApp de las cabras. Después de una semana de intentos fallidos en ponernos de acuerdo para llamarnos, yo había decidido conectarme el viernes por la noche. Pero no fui capaz de decirle que no a María cuando me invitó a salir con ella. No fui capaz de negarme a la idea de borrarme una noche y bailar entre desconocidos. De volverme una cara difusa entre otras tantas bajo los neones de la disco. De aportar una partícula más de sudor a ese suelo pegajoso. Necesitaba sentir el anonimato, el entumecimiento de mis extremidades por el alcohol. Quería dejar de existir por un tiempo porque así no podía experimentar ningún dolor.

Mientras bailábamos no existía una jornada laboral de cuarenta horas mal pagadas, un arriendo desproporcionado, todas esas vidas que soñé a los dieciocho y que ahora me doy cuenta de que nunca podré vivirlas. No existían los corazones rotos, los maleducados que me veían a menos por ser camarera, tampoco las personas a las que más quiero y tanto echo de menos. La disco es la iglesia de todas esas almas que quieren sumergirse en el anonimato. *Señor, ten piedad.* Y aquí todos nos volvemos iguales, solo somos sombras que se mueven con el dembow del reguetón. *Cristo, ten piedad.* Somos una masa que no siente, que no piensa, cuya mayor preocupación es no irse al chancho con el copete y evitar los codazos del que baila cerca. *Señor, ten piedad.* En la disco solo existe mi cuerpo moviéndose de un lado a otro y dejándose llevar por una masa que esa noche también ha decidido dejar de existir.

Cristo,

ten

piedad.

El celular me vibra en el muslo y no puedo evitar imaginarme a mis cabras impacientes. La Majo está intentando calmar a la Cata, que está enchuchada y dice por la cresta, la Camila, con lo que nos costó poner una hora y un día y ahora no contesta. La Sofi se une a la rabia pero de una forma más triste, no entiendo, dice, casi parece que ya ni le interesa ser nuestra amiga. Y la Majo, siempre tan neutral, empieza que no, que no es eso, que quizás le pasó algo, tranqui, cabras, démosle unos diez minutitos más. Sé que debería salir de este baño, dejar a María sola con la pastilla, abandonar la disco e irme a algún lugar apartado a contestar la videollamada. Sé que debería hablar con mis amigas camino a casa y quedarme hasta tarde conversando con ellas. Pero no quiero.

No quiero ver mi cara en una pantalla, no quiero verlas a ellas en esos rectángulos pixelados. Esta noche no quiero existir. Y si me someto a esa llamada, si aprieto el botón verde, voy a tener que hacerlo. Voy a tener que hacer un resumen de mis últimas semanas, responder a sus preguntas, contarles que Gonzalo me terminó, y repetir por décima vez que sí, sigo trabajando en el bar, que no, todavía no he escrito nada que valga y que no, no estoy buscando otra pega porque no tengo ni energía ni ilusión de que pueda existir algo más para mí. Y tampoco quiero escucharlas a ellas. No quiero escuchar las quejas de la Sofi de que tiene hinchados los tobillos y le vienen sudores nocturnos por la noche; no quiero que la Cata nos cuente por octava vez que se quedaron sin respiradores manuales en el hospital y que tuvo otra decepción en Tinder; no quiero escuchar cómo la Majo se lamenta de que otra vez se va a echar el ramo de Hormigón Armado y va a tener que dejar sus clases de tarot porque no le da el tiempo. No quiero. No puedo. No me interesa.

María enarca las cejas y me dice «¿y?» con los ojos. La conchita fucsia sigue esperando mi decisión. Miro la cadena dorada. Agarro la medalla y comienzo a trocear la pastilla sobre la superficie de metal. La aureola de mi virgencita está llena de polvo rosado, como si fueran rosas que le hubieran llevado de ofrenda. La chupo.

Salimos del baño. A la tercera canción estamos ardiendo como la cúpula de esa iglesia. Me siento divina, celestial, se lo digo a María: estoy flotando. La observo y me parece la persona más linda que he visto en la vida, a la que más quiero. Nos agarramos de los brazos para evitar desintegrarnos. Un cosquilleo me recorre el cuerpo, me río porque estoy rozando la plenitud con la yema de los dedos. Las llamas insisten y lamen la virgencita de mi cuello, mis arcos, mis pilares, toda mi estructura. Me desarman, me convierten en una antorcha en medio de la disco.

Se nos acerca un chico.
María lo besa.
Le contagiamos el incendio.
Bailamos.
Fuera, se encienden un cigarro.
El humo pasa de boca en boca.
Paro un taxi.
Una mano se aprieta contra mi muslo.
Un rayo rompe la oscuridad.
El fuego se propaga.
Estoy desnuda en mi cama.
Me muevo sobre un cuerpo.
Beso otro.
Por la ventana veo que se desata la tormenta.
Las nubes son negras.
No hay rastro del blanco grotesco.
Ni de ningún dios.
Estamos solos.
Subimos el ritmo, la cadenita da
botes sobre mi pecho desnudo y
me araña con su aureola.

Tercer trimestre

¿QUÉ CHUCHA PASA CON MI OJO?

En Chile se toma el café en polvo y en España, en grano. Aquí el café es rico, se dice que tiene cuerpo: es un hombrecito musculoso haciendo tríceps dentro de las bocas. Tras pasarme la vida bebiendo el instantáneo de marca Nescafé, en la casa, en los restoranes e incluso en muchas cafeterías, he descubierto la cafetera italiana. María me la presentó junto al argumento de que hacía café *de verdad*. Prepararlo de esta manera es presenciar una coreografía de calor y aromas. Es esperar a que el agua cambie de estado y acaricie los granos molidos, se funda con ellos y erupcione como un volcán con olor a desayuno. Nunca hago nada mientras se hace el café por miedo a que se queme y, quizás parezca una tontera, pero observarlo me permite entrar en un trance, en una especie de meditación matutina.

Me gustaría regalarle este momento de espera a la Sofi, para que tenga una que implique certezas. Creo que decidir llevar a término un embarazo es condenarse a esperar de por vida. Las madres siempre están en estado de alerta. Primero durante la gestación, luego cuando esperan a que la guagua crezca y no sea un recién nacido tan delicado, luego a que empiece a caminar, a sonreír, a decir sus primeras palabras, y cuando ya empieza a ser más independiente y a salir sola, la inquietante espera a que vuelva sana y salva a la casa, luego a que triunfe, cumpla sus metas, sea feliz. Y ni hablar de esa espera constante y tortuosa a que algo malo va a pasar.

Lo veo en mamá: siempre se espera lo peor. Cada vez que voy a darle una noticia y se lo anuncio, mamá tengo que decirte algo, pone los ojos en alerta como un conejo en medio de la carretera, se lleva una mano al pecho y sus labios se separan con la rapidez de un parpadeo. Antes de decirle nada, ya está especulando que me echaron de la pega, que me hice adicta a la heroína, que tengo una enfermedad terminal o un embarazo no deseado. Decidir ser mamá es sumar la espera más inquietante de todas al resto de esperas que ya tenemos por el solo hecho de existir.

Me desenredo el pelo sucio. Huelo a sudor y no quiero ni pensar en cómo tengo el maquillaje que no me quité antes de dormir. Picoteo algo de fruta, compruebo que el fuego esté prendido. Repaso la noche anterior. Llovía, otra vez. Estamos en marzo y cada vez que salimos de fiesta, cae un chaparrón. Seguimos a un hombre que nos compartió el paraguas por el Barrio de las Letras hasta la puerta de un pub charcha.

¿Podemos entrar para ver el ambiente antes de pagar? Solo una, dijo el de seguridad. Entró Cristina. Después de cinco minutos se asomó por la puerta y asintió. Pagamos los diez euros que incluían una copa y un *shot* y, una vez dentro, quisimos matarla. El ambiente consistía en música bachata y un grupo de personas en que los hombres tenían entre cuarenta y setenta años y las chicas no más de veinticinco.

No nos íbamos a ir sin tomarnos nuestro alcohol, así que intentamos disfrutar de la música y bailamos entre nosotras. Después de un rato, sumado a los vinos que nos habíamos tomado en casa, ya estábamos curadas y el panorama turbio dejó de parecernos tan mal. Cristina incluso bailó bachata con un jubilado que llevaba una polera de Iron Maiden. Nos quedamos casi hasta el cierre y cuando nos fuimos estaba lloviendo a cántaros. Ninguna tenía paraguas ni abrigo impermeable. Nos tomamos de la mano y caminamos por el Barrio de las Letras hasta el McDonald's de Sol mientras cantábamos *La gata bajo la lluvia.* En un momento Cristina me miró a la cara y comenzó a reírse con espasmos. María me miró y se unió a Cristina. Tu ojo…, se desinfló. Y antes de que pudiera preguntar qué cosa tan chistosa le pasaba a mi ojo, nos interrumpió un grupo de gringos que preguntaban la dirección de una disco.

—Ni idea —dije—, no soy de aquí.

María se tomó la pregunta muy en serio y comenzó a ayudar a uno de ellos con el Google Maps. Cristina se quedó mirándoles la cabeza, anonadada de que fueran pelirrojos en vez de rubios.

—¿De dónde son…? *Where you… where are you from?*

—Ireland —dijeron a coro.

—¡Mentira! —les grité, por alguna razón me parecía una respuesta inverosímil—. Muestren sus carnets. *I don't believe you, show… show me your* ID, ¿se dice ID?

Uno de ellos me hizo caso y me mostró una tarjeta en la que salía su foto y decía clarito: Ireland. Me reí.

—¡Es verdad! ¡Son irlandeses! ¿Les gustan los Cranberries? *Do you like The Cranberries?* Los Cranberries son irlandeses, ¿verdad?

Miré a María y a Cristina. La primera había abandonado su tarea del Google Maps y estaba joteándose al pelirrojo número uno. La segunda estaba intentando explicarle al número dos por qué España tiene la mejor gastronomía de Europa. Durante su argumentación dijo la palabra «croqueta» por lo menos cinco veces. Y yo me quedé con el pelirrojo número tres que intentaba pegarse en la frente el carnet de identidad, pero la lluvia hacía que se le resbalara una y otra vez.

—Tu *eye*…, tu ojo. —Y se comenzó a reír.

Si sus cachetes estaban rojos antes, ahora parecían dos bolas de fuego radioactivas. A mí me dieron ganas de tirarle el pelo.

—¿Qué chucha pasa con mi ojo? —Y lo empujé.

El clon de Ed Sheeran ni se inmutó y siguió riéndose mientras me señalaba con actitud burlona. ¿Qué te hace tanta gracia?, pero en vez de volver a agredirlo, decidí retomar el camino hacia el McDonald's. Di cinco pasos y me volví hacia mis amigas: ¡ya córtenla! ¡Nos vamos!

En el McDonald's, mientras esperábamos nuestro pedido, empecé a sentir que la gente me miraba. Cristina, María, ¿qué tengo en la cara? María sonrió y abrió la boca para contestar, pero justo en ese momento nos llamaron para retirar el pedido. Fui yo. Revisé que estuviera todo y al darle las gracias al chico que atendía, me señaló: tu ojo… En vez de preguntarle, me di media vuelta y le pasé la comida a mis amigas. Me fui enojada mientras me comía las papas fritas. Cristina se fue en algún punto a su casa y María me alcanzó sin aliento.

—Cami, ¿qué pasa?

Me detuve, tiré el cartón vacío de papas a la basura y me aparté los pelos mojados de la cara. María se estaba comiendo sus papas con ansia, como si fueran a desaparecer.

—Me puedes decir, de una vez por todas, qué le pasa a mi ojo.

María se metió otra papa en la boca y se atragantó. Levantó los brazos, tosió desesperada, le di palmadas en la espalda. Se tomó lo que le quedaba de bebida al seco. Inhaló, exhaló, inhaló, exhaló. Cuando ya pudo respirar con calma, negó con la cabeza como diciendo que no podía hablar y siguió caminando. Parecía que esa noche el misterio del ojo no se iba a resolver.

Me sobresalta el gorgoteo del café. Lo aparto del fuego y meto una rebanada de pan en el tostador. Echo leche de soya en una taza y la pongo en el microondas, muelo una palta aguachenta, el único tipo de paltas que hay en Madrid, y me como el último pedazo de plátano. Me siento con mi desayuno en la mesa enana del comedor al lado de María, que se está comiendo un yogur con cereales. Mientras mastico reviso el celular. Mi grupo de WhatsApp con las cabras está desierto desde hace al menos tres semanas. Me produce un calambre en la guata pensar que crearon otro grupo sin mí. Uno en el que puedan hablar de las juntas que van a hacer entre ellas, en el que vayan a contar su día a día y yo no vaya a poder saberlo ni participar, en el que vayan a enviar memes que nunca veré, cahuines que no me van a compartir. Un grupo en el que puedan hablar de mí y de cómo he sido una mala amiga.

Quiero hablarle a la Sofi y contarle mis reflexiones sobre la espera del café en una cafetera italiana. Pero creo que no lo va a recibir bien. Es difícil gestionar una discusión cuando no puedes ir a tocarle el timbre de su casa y pedir disculpas con un abrazo. ¿Bastará un mensaje, un audio, una videollamada, un meme de un gatito triste y chiquitito? Ninguna de ellas tampoco ha sido capaz de acercarse. Sé que fui yo quien generó el conflicto, pero también tienen que entender que no es fácil llegar a un equilibrio entre mi vida de aquí y la que dejé allá. Le cuento todo a María. No sé si debería hablarles. María raspa lo último que le queda de yogur y con la boca llena me responde: pero ¿a qué esperas? Eres una orgullosa.

Orgullosa. No es una palabra con la que me definiría, pero es la segunda vez que me lo dicen en el último mes. La primera fue la Cata después de no haber contestado a la videollamada grupal. Me desperté al otro día en una maraña de extremidades y con la boca más seca que el desierto de Atacama. Miré el celular y tenía cinco llamadas perdidas del grupo Las Kbras y dos de la Sofi. El único mensaje que había en el chat grupal era de la Cata y decía: «nos teni pal webeo». Mierda. Eran las tres de la tarde, eso significaba que eran las once de la mañana en Chile, así que quizás alguna estaba despierta. Me levanté de la cama, me puse un pijama y salí al living. Llamé al grupo.

Me contestó la Cata, pero sin activar el video.

—Cata, la cagué, sí sé… —empecé, y me interrumpió.

—Cami, nos demoramos caleta en organizar una fecha pa llamarnos.

—Sí sé…

—Yapo, ¿entonces? ¿Por qué no contestaste? Ya te dije que estas llamaditas las hacemos por ti.

—Ya, Cata, sí sé…

—Sí sé, sí sé, pero ¿qué po? ¿Qué era tan importante que no pudiste contestar?

—Ehhh… —Miré a la puerta cerrada de mi pieza y me quedé en blanco.

—Ehhh —me imitó—, es que no teni ni excusa.

—Ya, Cata, córtala, tampoco te pongai así, no es pa tanto la hueá, si podemos hacer otra videollamada en cualquier momento o por último las llamo de a una.

—Pero, Cami, si nunca nos llamai de a una, con cuea contestai los WhatsApp.

—Ya, pero, Cata, entiende, que entre la diferencia horaria y las cuarenta ho…

—Sí, las cuarenta horas de trabajo y no sé qué chucha más, no teni tiempo pa ná, ¿te dai cuenta que no me hai pedido perdón en ningún momento? Siempre lo mismo, eri una orgullosa.

Y me cortó.

Quizás sí es verdad y soy orgullosa. Hasta ahora pensaba que era una persona que no era dada al conflicto, que era conciliadora, y por eso nunca me peleaba con mis amigas. La peleadora es la Cata, que salta al tiro por cualquier cosa. O la Sofi, que no se le puede decir nada porque se pone a llorar. Incluso la Majo, que siempre intenta ver las cosas con perspectiva, se pone malgenio cuando tiene hambre y sueño. Pero yo soy muy tranquilita. O eso creía. Pero quizás pensaba que no era conflictiva porque evito cualquier tipo de confrontación. No soy capaz de decir que algo me molestó, siempre es un «sí, tranqui, da lo mismo», a pesar de que muchas veces no, no da lo mismo. Y cuando se enojan conmigo ocupo la fórmula inversa. No me acerco a escuchar lo que ha pasado ni a pedir perdón. Ya se les pasará, me digo, y hasta el momento había sido así. Se terminaba pasando. Pero quizás era porque nos veíamos y convivíamos en espacios que nos disponían a la reconciliación. Ahora no sé si se les va a pasar. Siempre espero a que el tiempo ponga las cosas en su sitio, a pesar de que es un tipo de espera que me mantiene alerta e incómoda hasta que acaba.

Solo hice esa llamada al día siguiente, no moví ningún dedo más. Me enchuché con la Cata después de que me cortó. Incluso me enojé con la Sofi y la Majo porque ninguna me dijo nada, aunque yo tampoco les escribí. Sí, tal vez soy orgullosa.

María prende la tele y, sin mirarme, dice: ¿todavía no te limpias el ojo? La taza de café que me llevo a la boca se queda a medio camino. Anoche fui directa a la cama y en ningún momento descubrí el misterio. Me levanto y voy al baño a mirarme al espejo. Doy un pasito atrás del susto. Cristina me hizo un maquillaje precioso de sombras negras antes de salir pero, claro, con la lluvia se me corrió todo. Lo curioso es que el ojo izquierdo está más o menos intacto, pero el derecho parece un agujero negro que se ramifica como patas de araña por el resto de mi cara. Es un desastre. Y todos lo presenciaron antes que yo.

UNA CABRA CHICA QUE SE MURIÓ SOLA

Es domingo. Desde que llegué a Madrid los domingos me parecen tristes. Suelo pedir que me pongan doble turno en el bar para mantenerme ocupada y camuflarlos con un lunes o un martes. Pero esta vez no hubo caso y me tocó libre. Me desperté tarde, desayuné envuelta en una manta y me pegué al sillón como una babosa a ver el celular. María se había pedido unos días porque estaba al borde del colapso y se fue a su pueblo. Cristina había hecho una escapada con su polola a Toledo. Gonzalo ya se borró del mapa. Y así se acabaron mis opciones de compañía. Todavía no me hablaba con las cabras como para hacer una videollamada y tampoco tenía ganas de llamar a mi familia.

Revisé Instagram de arriba abajo, me tomé cada mililitro de esa sopa digital y limpié el plato con la lengua. Volví al perfil de la Majo. Había subido cuatro historias de la noche del sábado. Estaban en su casa. La primera historia es una foto de las tres en el espejo. La segunda, una de la guata de la Sofi en que la Cata le acerca la bombilla de lo que parece ser un mojito. La tercera es una de la Majo mordiendo un pedazo de pizza vegetariana. Y la última es la Sofi y la Cata de perfil con las manos en sus vientres, la Cata saca la guata hasta ponerla casi del mismo tamaño que la de la Sofi. Es intolerante a la lactosa y cada vez que comemos pizza le hacemos un photoshoot de embarazada. Yo creo que nunca imaginamos el momento en que una de nosotras lo estuviera de verdad. La Sofi ya tiene siete meses. Su vientre está enorme. Este mes, la actualización del estado del feto es que ya puede reconocer la voz de la madre. Como no he hablado con ella el dato me queda solo para mí.

Pensé en mi mamá. En cómo serían sus primeros años en Chile y sus primeros domingos. Me fue contando las partes malas a medida que fui creciendo. Ella buscaba quedar embarazada porque un hijo significaba una ocupación, una compañía. Se demoró siete años en lograrlo. Mientras tanto vivía en una pesadilla. Es lo que pasa cuando dos cabros chicos se casan y se ponen a jugar a ser grandes. Papá volvió a Chile con mamá del brazo y anunció para la sorpresa de todos: familia, me casé. Vivieron algunos años en la casa de mis abuelos y mamá se sentía una intrusa que todavía no podía valerse por sí misma porque tenía que hacer mil papeleos antes de poder buscar trabajo o cualquier cosa.

A los tres años se devolvió. No podía más de ese Santiago gris, de esas lenguas buenas pa chuchear y que todos los objetos fueras hueás. No soportaba comer pan al desayuno y a la once, ni el frío del invierno que se le metía hasta en los calzones. No soportaba vivir de allegada en una casa que no lograría sentir como suya. Se fue. Ningún amor era tan fuerte como para quitarle sus frijoles negros y sus tormentas tropicales. Mi abuela le abrió la puerta a su regreso, estaba con los guantes para el tinte de pelo, una peineta en una mano y un pinche en la otra. Vio a mamá con su maleta más bien chica y con la cara de un perrito al que devuelven después de adoptarlo por darse cuenta de que daba mucho trabajo.

Chasqueó la lengua y le dijo: usted vuelve con su esposo ya mismo, como tiene que ser.

Parecía una pelota de vóley yendo de un lado para otro. Mi abuela remató el saque final y enterró la pelota en la cancha chilena. Y a mamá le quedaron cuatro años más de soledad que no vería aplacada ni con papá, que se estaba deslomando a trabajar para poder irse a vivir solos de una vez por todas. Cuando por fin se plantó la semillita, mamá le vio sentido a haber abandonado el paraíso para irse a uno de los círculos del infierno. Nadie le advirtió que los embarazos no eran tan bonitos como te los pintaban en la tele, nadie le dijo que iba a estar vomitando por dos meses sin poder comer nada, que le iban a doler las caderas y se le iba a achicar la vejiga. Que le iban a salir pies de elefante y no iba a tener energías ni para ir a la ducha. Nació el Mati y sentenció: primero y último.

Me pongo una chaqueta encima del pijama, reviso que tengo el carnet de identidad dentro de la billetera y salgo a la calle. Camino a un ritmo frenético. Evito callejones y elijo calles transitadas hasta llegar a una avenida principal. Desde que vivo sola, cuando María pasa algunos días fuera del departamento, me entra la paranoia de que me voy a morir. Apenas empieza a rondarme ese pensamiento, agarro mis cosas y salgo de la casa. Porque si me muero, nadie se va a dar cuenta hasta que María regrese después de una semana.

Me siento en la escalera de un portal a recuperar el aliento. Googleo en el celular cuánto cuesta repatriar un cuerpo. Hago clic en el link de una página de seguros de decesos. Aparece una foto de un avión despegando, parece que va a salir de la pantalla; al fondo, una ciudad iluminada por un atardecer y, en una de las esquinas, el ícono de un ataúd que está más pixelado que el resto de la imagen. Repatriación nacional: quinientos euros. Repatriación dentro de la Unión

Europea: seis mil euros. Repatriación intercontinental: entre cuarenta mil y cincuenta mil euros. El corazón se me acelera y me arden las axilas.

Como me muera, van a tener que enterrarme aquí en España y nadie va a venir a mi funeral. Mis papás y mi hermano quizás sí, pero nadie más podría pagar unos pasajes a Europa solo para velarme. Vendría María, Cristina, quizás Gonzalo por pena. Sería un funeral tristísimo con seis personas como mucho. Mis papás me harían un entierro católico, obvio. El cura bostezaría al empezar la ceremonia y diría una oración casi sin modular para despechar rápido a esos seis pelagatos que vinieron a despedir a una cabra chica que se murió sola. Seguro que elegirían una foto mía horrible, una de mi época púber en que no sabía peinarme y mis cejas gruesas habían descubierto el camino para vivir su historia de amor justo encima de mi ceño. En un arrebato envío una foto mía que me gusta al grupo de WhatsApp de la familia, sin decir nada. Al menos así la tienen a mano.

En mi vida, he estado tres veces a punto de morir. La primera fue a mis dos años, me estaba cuidando mi nona porque mamá tuvo que salir a hacer unos trámites. Cada vez que mamá cuenta esta historia lo hace con histrionismo, dice que tuvo una iluminación divina: mi ángel de la guarda le susurró al oído que estaba en peligro. El caso es que salió del banco desesperada antes de que fuera su turno y paró un colectivo. Cuando llegó a la casa, mi abuela estaba cocinando y yo, fuera de su campo de visión. Guiada por el ángel de la guarda, mamá subió las escaleras como loca, entró a la pieza y me sorprendió encima de una sillita con medio cuerpo asomado a la ventana.

La segunda fue en el terremoto del 2010. Parecía el apocalipsis. Mamá, papá, el Mati y yo fuera de la casa, agarrados de las manos para no caernos, mientras parecía que el suelo se había llenado de culebras gigantes y enfurecidas. La luna llena era el ojo sin iris de Dios, como si Dios fuera un cíclope que espiaba el escenario del horror. Padre nuestro que estás en el cielo, santificado sea tu nombre, venga a nosotros tu reino, murmuraban mis papás de manera compulsiva. Yo solo era capaz de ver la luna y pensar en qué iba pasar cuando me muriera. ¿Iría al cielo y tendría un cuerpo de niña por los siglos de los siglos, amén? ¿O solo me apagaría como mi Tamagochi cuando se quedaba sin pila?

La tercera fue con las cabras. Teníamos unos veinte años, eran las cinco de la mañana y nos acababan de echar de la disco. Nos habíamos tomado hasta los conchitos olvidados de vasos ajenos. Íbamos dando traspiés y en un momento la Majo se acercó a abrazarme, pero entre que su movimiento fue brusco y mi equilibrio era nulo, me tropecé con el borde de la vereda y caí como peso muerto al suelo. La cabeza aterrizó en el cemento justo donde llevaba un pinche de pelo. Escuché un *crac* que no supe si era el cráneo, el pinche, o el pinche atravesado el cráneo. Divisé un camión de la basura que se acercaba por la misma calle en la que estaba tendida y me quedé paralizada, viendo cómo sus focos se acercaban velozmente. La luz del túnel en proceso contrario. Las cabras me agarraron entre todas y me subieron a la vereda a tiempo.

Se podría agregar a la lista el hecho de que casi no nazco. Porque mamá no quería más guaguas. No iba a volver a pasar por el martirio del embarazo. Mamá desde que tenía memoria se definió como la bonita, con una cara preciosa y un cuerpo de escándalo. El embarazo había atentado con una de sus pocas certezas. Le había deformado el cuerpo, hinchado la cara y la cesárea le dejó la guatita de delantal. Iba a tener una marca que le recordaría en todo momento la mayor etiqueta de su vida: madre. No iba a someterse de nuevo a esa metamorfosis. No iba a agregar otro cambio a su cuerpo perturbado. Pero en un descuido me colé y, en menos de tres años, ya estaba de nuevo convirtiéndose en ese monstruo que no reconocía al mirarse en el espejo.

No se sacó casi ninguna foto cuando estaba embarazada de mí. Me dijo que su nariz se le puso como al Señor Cara de Papa y que no podía mirarse sin ponerse a llorar. Una vez en el colegio nos pidieron fotos de nuestras mamás embarazadas y tuve que llevar una de ella embarazada del Mati. Lloré una semana porque él dijo que me habían adoptado y mamá no tenía pruebas para demostrarme lo contrario.

A veces creo que es verdad eso de que los hijos suponen una compañía. Al menos hasta que se hacen adultos. También, si todo sale dentro de lo ideal, se vuelven una compañía en la vejez. La Sofi se está garantizando un escape a la soledad. Si me quedo en el extranjero y en algún punto vivo sin compañeras de departamento, tener un hijo significaría que no moriría sola. Al menos habría un niño que podría tocarle la puerta al vecino para decírselo. Encontrarían mi cuerpo a tiempo y no porque el olor a descomposición daría aviso días después. Googleo cuánto se demora un cuerpo en empezar a oler mal. Unos cinco días, si hace frío un poco más. Me comienzo a marear solo de pensar que, si me hubiera quedado en casa y me hubiera muerto, encontrarían mi cuerpo una vez estuviera morado, hinchado, lleno de gas y con pedazos de piel desprendida.

Pero no sé por qué no termino de ver bien la relación entre compañía y maternidad. Ahora que estoy lejos lo entiendo un poco mejor porque no dejo de sentir la culpa de haber dejado a mamá sola. Pero es cierto que, cuando vivía con ella, muchas veces me sentía culpable por haber nacido.

Yo era una cadena que la ataba al fin del mundo. En algún punto empecé a comprender que el Mati y yo éramos la razón de por qué no se iba. De por qué no se devolvía a Nicaragua o se escapaba a cualquier otra parte a empezar de nuevo, o volvía a enamorarse, o se enfocaba por fin en todo ese papeleo que no fue capaz de resolver para terminar sus estudios. Le chupamos el tiempo, la energía, las ganas, incluso el cuerpo bonito. Tenía la sensación de que habíamos nacido para amargarle la existencia. No estoy segura de si logramos hacerla sentir menos sola o provocamos que se sintiera más sola que nunca y para siempre.

Se está haciendo de noche. Llevo horas dando vueltas por las mismas calles. Comienzo a hacer el camino de vuelta a casa, después de todo creo que hoy no moriré. Una parte de mí quiere retrasar todo lo posible el golpe de soledad que me espera tras la puerta, así que me recreo observando a la gente y los escaparates. Veo un grupo de niñas salir de una heladería. Tienen entre doce y trece años. Se están riendo y gritan en vez de hablar. Están emocionadas por algún evento próximo. Hablan de los *outfits* que se van a poner, creen que podrían ir todas del mismo color. Se dan de probar el helado de las otras, saltan por la vereda como si ese momento fuera uno de los más felices que han vivido. Tal vez lo es, aunque todavía no lo sepan. Este instante se clasificará en los archivos de sus cerebros como uno en el que la serotonina se desplegó sin esfuerzo. Una dice algo y las demás explotan de la risa, se retuerzan y casi botan los helados al suelo. Recuperan el aliento a la vez y, como un rebaño de ovejas que vuelve a su corral, se adentran en la calle hasta que la luz de las farolas ya no me permite distinguirlas.

LAS KBRAS

Cata, Majo, Sofi, Tú

ESTAI LLENA DE VENENO

No estaba segura de haber visto a la gata desde el principio, pero tenía el recuerdo de una mancha negra que se coló por la reja de la entrada justo unos momentos antes que nosotras. Alcé la vista, la casa parecía estar respirando. Era como si ella misma fuera el parlante y palpitara con el *tum, ta-tum-ta tum, ta-tum-ta* del reguetón que se escapaba por las ventanas. La luna estaba llena y enfocaba el espectáculo de la fiesta que no dejaba de ir hasta abajo. Era una noche especial. La Majo acababa de patear al Maikel y era nuestro primer fin de semana en mucho tiempo en que todas estábamos solteras.

La casa estaba vacía. Una inmobiliaria se la había comprado a la familia de uno de nuestros compañeros de clase y la iban a demoler para hacer algún edificio feo de más pisos de los que debería. Así que esta noche podíamos tumbarla nosotras primero. Parecía que estuviera más viva que las personas que había dentro. La veía dando, dándole. Las luces de colores sobresalían por las ventanas rotas y era como si en el interior estuviera ocurriendo una batalla de *Star Wars.* No podía despegar la mirada de ella. Se nos erizaron los pelos del cuerpo, se nos dilataron las pupilas. Esa noche era noche de travesuras: mi primera vez experimentando con alcohol.

—Está súper prendido —dijo la Majo—, *let's go.*

Entramos, pero la sensación era como si la casa se me hubiera metido en el cuerpo para seguir dando, dándole. Retumbaba en mi interior y los latidos de la música se acompasaban con los míos, era un *bum* más en el ambiente. Miré a las cabras. Las cuatro éramos una sola junto con la casa, con ese corazón bueno pa vacilar. Vi a la gata pasar entre nuestras piernas que intentaban moverse al ritmo del reguetón. ¡Miren a la gata!, grité, pero las cabras ni me pescaron. Tal vez era producto de mi imaginación borracha.

Cada vez había más grafitis en las paredes, más ventanas rotas, más puertas quitadas de sus goznes, más personas bailando y tomando por cada uno de los rincones de esa casa que retumbaba y seguía dando, dándole. Para mí todo era una masa confusa de extremidades, luces de colores, *tum, ta-tum-ta tum, ta-tum-ta,* tequilazos que aparecían entre mis dedos junto con un pedazo de limón y terminaban ardiéndome en la garganta. Esa noche estaba llena de solteras. Y las cabras querían vacilar.

Bailábamos, sudábamos, nos pegábamos, nos rozábamos, nos dábamos piquitos, íbamos hasta abajo, hasta abajo. Y miraba a mis amigas siendo las reinas de la fiesta y no sé si era por el copete o qué, pero yo no lograba sentirme en la misma sintonía que ellas. Estaban métele con candela, dale métele con candela, y yo no dejaba de pensar en que eran mucho mejores que yo. Estas nenas no se comparan, pero yo no podía evitar hacerlo. Creo que la Sofi pensaba lo mismo. A pesar de que sonreía, no terminaba de desenvolverse mientras perreaba, sus manos se mantenían rígidas por delante de la guata para tapar una grasa inexistente. La veía y pensaba que ojalá a mí se me viera el top como a ella. Miraba a la Majo, que todo le da lo mismo. Es justo ese desinterés el que la hace segura y tan linda, tiene un arte al ocupar el espacio que yo nunca lograría. Y la

Cata, ay la Cata. Siempre conseguía lo que quería. Es que con esa cara tú puedes, pensaba. Con ese *booty,* tú puedes. En el colegio se hablaba de que era la mina más rica, la más entretenida. El pelo largo hasta el culo, liso, liso. Y el *booty* grande, las pechugas prominentes y paraditas. ¿Cómo podía ser que se le notaran hasta cuando usaba un polerón? Su forma de menear las caderas, dale, mami, p'arriba, p'abajo, lento, lento. Pasé una mano por todo su cuerpo, acaricié su vestido pegado, la Cata me sonrió y empezó a perrear conmigo. Pero no era una invitación. Solo quería tocar lo que yo nunca iba a tener.

Miré a mi alrededor. Parecía una jungla prendida con animales de to' los colores. El ritmo comenzó a descender, pero mis amigas seguían dando, dándole. No se dieron cuenta de que el *tum, ta-tum-ta tum, ta-tum-ta* se había acabado. A cambio sonaba una canción dulce, con panderetas y una voz infantil. *Profesor Rossa recorre el mundo para mostrarnos con sus dibujos lo lindo que es.* Era la intro del programa educativo que veíamos cuando chicas. Una voz resonó fuerte y clara por los parlantes: «Universidad Católica de Chile Televisión presenta *El mundo del profesor Rossa.* Hoy veremos "La competencia en el reino animal"». Agarré a la Sofi del brazo, pero ella seguía meneándose al ritmo de un dembow inexistente. Empezó entonces a hablar la voz indiscutible del profesor Rossa: *Hola, ¿me estaban esperando? ¡Estoy muy entusiaaasmado por contarles sobre la competencia en el reino animal! Sí, competencia, porque los animales son bueeeenos pa rivalizar, igual que los equipos de fútbol. Vamos a ver las imágenes.*

Las luces de la pista de baile se pusieron verdes. Me parecía oír ruidos de insectos, rugidos, croares, piares, bufidos. Me separé de mis amigas y las observé. Los movimientos que hacían eran felinos. Ya no estaban restregándose con gusto, chocaban las cabezas unas con otras mientras rugían. Se arañaban, se mordían. Un grupo de hombres se paseaba como si estuvieran exhibiendo su plumaje, hacían una danza que pretendía cautivar, llamar la atención de las felinas que no dejaban de enseñar los dientes. En una esquina había más personas aullando, parecían monos peleándose por ver cuál era el chillido más fuerte. Mientras todo esto sucedía, se escuchaba la voz del profesor Rossa. *La competencia entre especies tiene lugar cuando su supervivencia depende de un recurso limitado. La lucha hostil por su obtención impedirá su convivencia.* La voz hace un *fade out* y los parlantes vuelven estallar con reguetón. Se entromete de nuevo el *bum* en mi cuerpo.

Me acerqué a mis amigas, que dejaban de ser fieras y volvían a ser cabras mansas. Dónde está la gata. ¿Qué gata? No entendían de qué les hablaba, pero ahora no podía dejar de pensar que la gata debía estar peor que yo. Le habíamos invadido su espacio. Me desprendí de las cabras que seguían dando, dándole. Me crucé con gente que me saludaba y me preguntaba si estaba bien, pero yo solo era capaz de ver caras emborronadas, que de vez en cuando se coloreaban con luces azules, rojas y verdes. Salí al patio de atrás. La única iluminación era la luna llena. Había un montón de gente pegadita contra la pared, se tragaban unos a otros. También un círculo de hombres haciendo *freestyle* mientras se pasaban una chela de litro. En una esquina había gente meando. Yo buscaba con mi mirada borrosa a la gata negra. La vi pasar entre los raperos y la seguí con torpeza. Eh, cuidao, mami, me gritaron y no les hice caso. La gata me estaba vacilando. De nuevo desapareció. Respiré y me di cuenta de que la casa cada vez retumbaba más y más. Seguía zumbando en mi interior a pesar de ya no estar dentro. Sentía que me golpeaba, que seguía dando, dándome.

Comencé a marearme, me tropecé con la tierra irregular del patio mal cuidado. Una mano me agarró y me llevó contra la pared. Era el Pablo.

—¿Cómo estai, Cami?

Solo asentí, sentía que si abría la boca se me iba a derramar ese *tum, ta-tum-ta tum, ta-tum-ta.*

—Oye, esa otra noche contigo la pasé bien.

Me acarició la cara y mi ritmo que hasta ahora estaba coordinado con el de la casa se descompasó. Prendió. Aceleró. Continuó dando, dando, dándole. El Pablo me tenía enganchada hasta las patas. Y la otra noche nos habíamos dado unos besos, pero después me había dejado de pescar. Había desaparecido. Y ahora no sabía si era verdad que lo tenía aquí tan cerca o me lo estaba imaginando igual que esa gata buena pa vacilar.

—Tú y yo tenemos algo pendiente —logré decir. Las palabras salieron con el mismo *tum, ta-tum-ta tum, ta-tum-ta* que se peleaba con mis pulmones.

—¿Qué cosa?

Me acerqué más a su cara.

—Me debi algo y lo sabi.

—¿Sí? ¿Qué cosa?

Y le di un beso que en ese momento me pareció sensual y atrevido.

—Mami, no me dejes solo.

—Papi, tú me vuelves loca.

La pared en la que nos apoyábamos perreaba junto a la casa. Nuestros cuerpos se acoplaron al movimiento y se sacudieron con el compás punzante. Me desparramé sobre el Pablo como una pieza de dominó flácida. Él estaba *on fire* succionándome la boca. Y yo solo sentía el *bum* de la casa que me reventaba entre las costillas y seguía dando, dándole. Como queriendo escapar. Como queriendo dominar todo el barrio. No podía mantener los ojos cerrados porque me mareaba más. Por el rabillo vi a la gata volver a meterse a la casa.

—Ahí está la gata.

—¿Qué gata? Dale, Cami, te tengo muchas ganas —insistió, pero yo lo empujé y me limpié su saliva con la manga del polerón.

La respiración de la casa se había agitado aún más. Como si los parlantes estuvieran reproduciendo la música en cámara rápida o como si estuvieran haciendo un tiritón. Me costaba mantenerme en pie. Mis cabras todavía estaban bailando en la pista. Me acerqué a ellas y se materializó un nuevo tequilazo en mi mano. Dale, Cami, dale. El piso y las paredes se movían, si los vidrios de las ventanas estuvieran enteros, estarían temblando. ¡Alerta de terremoto! Se sacude el *building* completo. Las cabras meneaban y meneaban el tembleque y ahora a mí la casa me parecía un animal con asma. Casi me caigo hacia un lado, pero la Sofi me agarró riéndose. Dale, Cami, hasta abajo, hasta abajo. ¿Estaba moviendo el culo hasta el suelo o el suelo se estaba moviendo hacia arriba?

Me zafé de mis amigas y subí las escaleras para ir el baño. Chocaba con la gente, con las paredes, me tropecé dos veces. Me había convertido en una muñeca de trapo. Todo ese movimiento estaba causando temblor. Retumbaba mi cuerpo, estaba causando temblor. Llegué a la puerta del baño y me colé, no me importó que empezaran a pifiarme. Vomité en el lavamanos.

Salí más perdida que nunca, como un vagabundo sin rumbo. Pensaba en la gata, en si estaría bien. Mis oídos se habían inundado con un pitido que no lograba acallar el *bum* del perreo intenso de la casa. Dónde está la gata. Me apoyé en la pared y se me comenzaron a cerrar los ojos. Cami, ¿estai bien? Vamos a bajar a la pista un momento. Alguna de mis amigas me agarró del brazo y me ayudó a bajar las escaleras hasta donde antes estábamos bailando. Las paredes eran las de un globo a punto de reventar, el *bum* del perreo intenso era el aire que lo seguía inflando. El parlante se había pasado de su potencia. Salgamos pa la calle, balbuceé.

Entonces lo vi. El *bum* me abandonó el cuerpo. La casa dejó de retumbar. Casi no sentía mis pálpitos. Solo me quedó el pitido en los oídos y el sabor agrio de la bilis en la garganta. Fuera, contra la pared, la Cata y el Pablo andaban coqueteando, dando, dándole. Y si estaba la Cata, yo no tenía por dónde. Era una batalla perdida. Me hirvió la sangre esa manera que tenía de llamar la atención de los hombres. Era una especialista. Cuando no estaba enamorada pululaba como una abejita entre flores, desesperada por chupar todo el polen que le fuera posible. Porque le encantaba gustar. Me ardió la cara, el cuerpo completo.

Me acerqué, de fijo la miré. La agarré del brazo y la eché pa atrás. Al oído le dije: eri un calienta sopa. La Cata me miró, se rio y se soltó de mi mano. Me dijo tranqui, que nada pasaba.

—¡Eri una calienta sopa! —Di un traspié.

Entonces se enchuchó. Se convirtió en una gata fiera y abalanzó sus garras. Me hubiera arrancado un ojo si no fuera porque la Majo la agarró de los hombros.

—Está hecha pico, déjala.

—¡A mí no me vas a arañar! —La Majo se puso en medio. La Cata no dejó de mirarme.

—Siempre te guardai todo, pero estai llena de veneno. Te faltó un poquito de copete y chao. Te las dai de equilibrada y al final eri la peor de todas.

No logré responderle, se reanudó el jangueo. De nuevo empezó la casa brinca que brinca, dando, dándole. El suelo a mis pies que quería romperse. Shaky, shaky, shaky. La vibración había vuelto. Sentía el cuerpo caliente. Vi a la gata en una esquina, ladeó la cabeza como diciéndome: ¿estai bien? Le vomité las zapatillas a la Cata.

No recuerdo más de esa noche. Al día siguiente despertaría en mi cama con el pijama puesto y un cubo de basura al lado con un poco de bilis. Me esperaría una conversación incómoda con mis papás en que reconstruirían mi regreso a casa. Papá me fue a buscar y vomité en el auto. Me ayudaron a entrar a la casa entre los dos y lucharon contra mis brazos torpes para ponerme el pijama. Recibí el castigo de quedarme sin celular por unos días y sin salidas por un mes.

Me vienen a la cabeza esos recuerdos porque siento la misma vibración, el mismo repiqueteo que esa noche me comía las venas y expulsé como un veneno que aterrizó en las zapatillas de la Cata. Intento sonreírle a Cristina mientras me da la noticia. Aflojo las mejillas, sonrío de forma suave, me esfuerzo en no parecer forzada. Grito con ella y actúo la euforia. Al abrazarla intento que nuestros pechos no choquen para que no sienta mi corazón desbocado. Para que no se dé cuenta de que estoy ardiendo en envidia.

Cristina había conseguido un contacto. No importa cómo ni dónde, porque es capaz de conseguírselos hasta en la fila de la disco. El caso es que una editorial necesitaba un corrector. Haz una entrevista, le dijeron. Y ella dijo sí, sí, claro, a pesar de que nunca había trabajado en nada relacionado con las letras. Vino con la noticia y me preguntó si quería hacer la entrevista yo también, porque ella no iba a conseguir el puesto *ni de coña* y yo manejaba un poco más. Me emocioné al tiro. Así que la hicimos las dos, Cristina solo por la anécdota. Nos entrevistaron de forma presencial y también nos enviaron una prueba de corrección. Incluso le eché una mano con la suya. Y ahora viene a contarme que le han dado el puesto. No de correctora, porque al final decidieron exteriorizarlo y contratar a correctores independientes cuando necesitaran alguno, pero sí querían en plantilla a alguien que llevase las redes. Y veían en ella un potencial muy bueno. Acabo de renunciar al bar, me suelta.

No entiendo qué pinta Cristina en una editorial. No sabe nada de libros. Al menos no del panorama contemporáneo. Solo lee teatro del siglo pasado y compra en tiendas de segunda mano. Sí, en su Instagram es un poco influencer, pero ¿eso basta? No sé si llamar envidia a lo que siento, porque no sé si realmente trabajar de creadora de contenido es algo que me gustaría, pero hay algo que ahora mismo no sé identificar que me carcome por dentro.

Sé que de todas formas es su propio mérito: sabe sociabilizar, es movida, y yo no. Yo me acomodé en este trabajo y como mucho he enviado un par de currículums por LinkedIn. Sé que no debería sentirme así. No quiero percibir a Cristina como una rival, pero no puedo evitarlo.

El reflejo que vi en María en su momento de crisis con Cristina desaparece. Si es que alguna vez existió. Claro que existió. Al final estábamos las dos en la misma situación. Dos jóvenes que quieren dedicarse al ámbito creativo pero que tienen que conformarse con servir cafés y cervezas cobrando siete euros la hora. Pero ahora Cristina se distancia. Se mueve a ese grupo de personas con contrato indefinido, horario estable de lunes a viernes, fines de semanas completos, un sueldo por encima del mínimo. Y en una editorial. No puedo evitar sentir que me hierve la sangre. Las palabras de la Cata me pueblan los oídos: estai llena de veneno. Percibo ese *bum* en el cuerpo, el mareo que me cosquillea todas las articulaciones, la vibración que me recorre el esófago hasta la garganta. Trago el vómito y le digo: te lo mereces, nena.

NO PODEMOS JUGAR A LOS PIRATAS

Tiene la cara hinchada. Sobre todo la nariz, que parece una pera caderona. Lleva una polera de tiritas y le veo los brazos engordados y de un tono rojizo. También está más tetona. No, no más, porque en verdad nunca tuvo pechugas. Las dos éramos copa A y en la universidad decidimos dejar de usar sostenes. Pero ahora es tetona y puedo ver una de las tiras rosadas de su sostén. Sonríe. Está preciosa. Se le ve una luz en los ojos que identifico como nueva. Me remueve por dentro encontrar algo inédito en una persona de la que creía conocer hasta la mugre de las uñas.

Ha cambiado tanto en solo un mes. No puedo creer que estuvimos todo este tiempo sin hablar. Mi tentativa de acercamiento con el meme del gatito no funcionó e interpreté ese silencio como una respuesta. Pero hoy es mi cumpleaños. Y hay algo en los cumpleaños que no entiendo muy bien que los vuelve una bandera blanca. Al final es una fecha que recuerda el nacimiento de una persona, su existencia. Y es una fecha en que, desde que tengo memoria, además de mi familia, han estado presentes las mismas personas: la Sofi, la Majo y la Cata.

Desperté confundida. María había entrado en mi pieza gritando y con un muffin al que le había puesto una vela.

Comenzó a cantar el *Cumpleaños feliz* español, la letra es casi la misma pero la tonalidad es diferente. Desde que llegué aquí dejé de cantarlo, porque no era capaz de aprenderme el tono nuevo y parecía que tenía tan mal oído musical que ni siquiera sabía afinar la cancioncita del *Cumpleaños feliz.* Felicidades, Cami, eres lo suficientemente mayor como para que Leonardo DiCaprio no quiera salir contigo. Sonreí somnolienta y apagué la vela.

Horas más tarde, me llegó un WhatsApp de mi familia en que me felicitaban y decían que me llamarían en la noche. Mamá incluyó una foto de mi décimo cumpleaños. Todavía no sabía domar bien mis rulos, así que estoy con una cola. Apoyo ambas manos en los extremos de la mesa, donde hay una torta con diez velas encendidas. Soplo con el ímpetu y la esperanza de que si las apago todas se van a cumplir no uno, sino los tres deseos que pedí. Hasta eso es distinto, aquí solo se pide uno. Quizás es porque cuando estás en un país al que le faltan tantas cosas es más fácil desear. El tercer mundo se merece tres deseos.

Caí en la cuenta de que no iba a tener una torta este año. Es una tontería, pero me dio pena. La torta es algo de lo que se encarga mamá. Sabe perfecto cuál es el sabor favorito del Mati, el mío y que a papá le gusta probar una distinta cada año. Con tal de que no sea tiramisú, todo bien. Nunca pensé que iba a echar de menos algo tan material y que siempre di por sentado. Me hacía sentir que este año me iba a congelar en el tiempo, no iba a cumplir años porque no iba a tener una torta de triple chocolate.

Veinticinco. No me agobia el hecho de que ya no voy a poder tener mi historia de amor con Leonardo DiCaprio, sino sentir que pasa el tiempo y me he estancado. Que estoy en el mismo punto desde que aterrizó el avión. Peor, sigo en el mismo punto desde que terminé la carrera solo que en otro continente. También está la presión externa. Las escritoras que publicaron antes de los veinticinco años: María Luisa Bombal, Mariana Enríquez, Mary Shelley… Quizá me ponga a hacer una lista de ellas también. Una lista autoflagelante. Los ojitos pendientes de mis papás que esperan lo mejor de su niña. Mamá me puso en el WhatsApp: Feliz cumpleaños a mi escritora favorita. ¿Se puede llamar escritora a alguien que no ha publicado? Puede que sí. Alguna vez leí una cita de Zambra que decía que los asesinos son asesinos por el solo hecho de matar, por lo que los escritores deberían serlo por el solo hecho de escribir. Pero es que ya ni escribo. Y me da miedo estar perdiendo lo único que me hace algo de sentido. No sé quién soy en España si aquí he dejado la escritura de lado. No fui capaz de seguir ni mi diario. Me resuena la voz del editor en la cabeza: no sabes de qué quieres escribir. Quizás es momento de plantearme de nuevo las cosas. Tal vez incluso de mirar pasajes de vuelta.

No era la torta lo que me faltaba para sentir que fuera mi cumpleaños, eran mis cabras. Y como si me hubiera leído el pensamiento a pesar de estar a miles de kilómetros, sonó mi celular. Era la Sofi.

Estamos por fin viéndonos las caras en un silencio raro que todavía ninguna sabe cómo llenar. La Sofi se adelanta con un «feliz cumpleaños». Le doy las gracias y, antes que nada, me lanzo a contarle los cambios que sufrió el feto este último mes. Y no sé cómo conectar que ahora debe tener pestañas y cejas, que ahora debe sentir sabores a través del líquido amniótico, que puede abrir y cerrar los párpados, escuchar a la perfección y distinguir su voz, no sé cómo conectar todo eso con unas disculpas tristes y sinceras. Un perdón, Sofi, por haber sido una amiga de mierda. Un no sé cómo pasó tanto tiempo ni por qué no hice nada. Se lo digo sin tanta parafernalia: perdón. Y la Sofi sonríe empapándose de ese brillo nuevo que parece que le llega hasta el pelo y solo me dice qué cuático que la guagua ya pueda sentir sabores.

Me cuenta que se siente como un ogro gigante cuando camina. Pero que está tranquila, que no me preocupe. Aunque no soporta los pies, ya no le caben ni unas zapatillas y se pasa todo el día poniéndolos en alto o haciéndose masajes. Le cuesta caleta dormir, no halla cómo ponerse sin sentir que va a aplastar a la guagua hasta volverla un sticker. Y el humor, uf, el humor, está con unos cambios de ánimo horribles. Pero está contenta, sigue terminando sus peroratas con un pero estoy contenta. Tiene muchas ganas de que nazca el Orlando. Espera, qué.

—¿Orlando?

—Sí, ¿no te había dicho? Así le voy a poner.

—¿Orlando?

—Es tu libro favorito.

—¿Cómo te acordai?

—Porque me lo leí po, Cami.

—¿En serio?

—Sí, si estuviste tramitando sobre el famoso libro como por un mes. Después de esa vez no nos volviste a hablar de libros. Al menos no con esa energía. Yo creo que sentiste que no te pescábamos mucho, que no nos interesaba. Y en verdad no te faltaba razón. Ninguna salió buena pa leer además de ti. Pero una vez leíste un pedazo y me gustó. Así que me lo compré. Ha sido el único libro que me he leído por gusto. Me demoré un año entero, pero me gustó mucho. Es mi libro favorito también yo creo.

—¿Por qué no me lo habiai dicho?

—Me daba cosa que quisierai comentarlo y yo no supiera cómo.

—Sofi…

—Es que yo no cacho mucho de literatura po. Pero creo que entendí casi todo. Y no sé…, me gustó eso de que Orlando puede tener muchos cuerpos y ninguno es mejor que otro. Que puede ser quien quiera y como quiera. Yo quiero eso pa mi porotito.

—Es increíble.

—Es precioso, sí.

—Me encanta Orlando.

—A mí también.

—El nombre, digo.

—Sí, te entendí.

—Sofi.

—¿Qué?

—Te extraño.

En Chile solemos decir más «te extraño» que «te echo de menos». Y ahora esa frase me parece inadecuada. A mí, que siempre elijo el chileno sobre cualquier otra cosa. Pero el «te extraño» implica que el otro se ha vuelto un poco eso: un extraño. Y no creo por nada en el mundo que la Sofi vaya a ser una extraña para mí. Podríamos distanciarnos, dejar de tener cosas en común, pero no se convertiría en una desconocida. La Sofi siempre sería esa niña que conocí en el patio del colegio, que se escondía porque le daba vergüenza usar un parche en un ojo además de lentes. Una niña que desde tan chica fue consciente de cómo la miraba el resto, de cómo se presentaba su físico ante los demás. La Sofi siempre sería esa niña a la que miré y le dije: eres un pirata. Y me hice un parche con una hoja de árbol y jugamos a los piratas hasta que sonó la campana para volver a clases.

La Sofi es con quien fui a una fiesta en la playa en la que había una fogata y ella, que estaba curada, se quitó la polera y me dijo quémala, quémala, Cami. Y sin darme más explicaciones yo sabía que quería hacerlo porque la estaba haciendo sentir mal con su cuerpo, porque la odiaba y no le gustaba cómo le quedaba. Y no necesité ninguna razón más allá de su voz temblorosa y los ojos llorosos para lanzar la polera a las llamas. Le di la mía y me quedé solo con la chaqueta. La Sofi es quien me ayudó a vender alfajores por tres meses para ahorrar la plata que me faltaba para ir al concierto de los Jonas Brothers. Es quien apechugó a ir a hablar con mis papás sobre mi castigo y decirles que me había curado tanto esa noche por su culpa y que porfa, porfa, me dejaran salir, que les juraba por la garrita que nunca más se iba a repetir una situación así. Y fue la Sofi la primera que me dijo que quizás ella no cacha mucho de libros ni literatura, pero que cuando le leo cosas siente un cosquilleo raro en la garganta y le dan ganas de llorar. Y, por eso, Cami, me dijo, por eso, yo creo que sí deberiai ir a Madrid.

No, la Sofi nunca sería una extraña. Ni la Cata, ni la Majo. Tal vez si las conociera hoy no las elegiría, pero las conozco desde los cuatro años y mientras de mí dependa quiero elegir tenerlas en mi vida el mayor tiempo posible. No podremos volver a ser ese rebaño de cabras que no se distinguían unas de otras. Hemos cambiado, cada una ha tomado sus decisiones y su propio camino. Antes, nuestro mayor punto en común era que estábamos creciendo a la vez. Habíamos vivido juntas la mayoría de nuestras primeras veces y por eso sentíamos una obligación de vivir juntas también las últimas. Y a veces pienso que me aferro a ellas más por el recuerdo que por otra cosa. Al fin y al cabo, mis amigas son una especie de segunda familia, incluso en el sentido de que realmente yo no las he elegido. Qué clase de decisiones sensatas iba a tomar a la misma edad en que decidí que mi correo electrónico fuera kami.hellokitty@hotmail.com. Aparecimos en la vida de la otra y nos acompañamos en un camino en el que nunca tuvimos ninguna certeza salvo que cuando una se lanzara al vacío, las otras tres estarían abajo, atajándola.

Quizás en otra vida con la Sofi no seríamos amigas. Tal vez, si nos conociéramos hoy no tendríamos de qué hablar. Yo solo sabría hablarle de los libros que me estoy leyendo y ella de su realidad inmediata: va a ser mamá. Y no lograríamos enfrascarnos en una conversación larga y fluida, no compartiríamos recuerdos, no nos reiríamos de cualquier estupidez hasta quedarnos sin aire, porque sería imposible construir esa complicidad a estas alturas. Porque tenemos veinticinco años y ya no podemos jugar a los piratas.

—Te echo de menos —me apuro a corregir.

—Yo también, Cami.

MADRID HUELE A RUIDO

Suelo soñar que camino por Santiago. Voy sola, aunque pocas veces caminaba sola cuando estaba allí. En el sueño recorro las calles como una turista, como algo ajeno, como si las estuviera transitando por primera vez. Me llama la atención el alumbrado eléctrico, que interrumpe el cielo y tapa la cordillera como una cabeza la pantalla del cine. Cuento las cuadras a medida que pasan, saludo a los perros callejeros. Esquivo los puestos de sopaipillas para que el pelo no se me quede con olor a fritura. Me tropiezo con las irregularidades de la vereda. Me sobresalto con el traqueteo de las micros que se trastabillan en los baches. El cuello se resiente de moverse para ver el final de un edificio de diez pisos y, justo después, una casa de una sola planta con un jardín delantero lleno de enanos de colores. Sueño con el atardecer. Es el momento del día en que el cielo es bonito y se nos olvida que vivimos en una ciudad llena de smog. El smog en los atardeceres pinta un cielo que parece un algodón de azúcar chupeteado.

Mis sueños me recuerdan al olor de las siete de la tarde: al rocío del riego artificial y a pan. Creo que debemos ser de los pocos países del mundo en que huele a pan recién hecho por la tarde. Las casas chilenas lo necesitan a esa hora para tomar once. Para hacerse sus tecitos y sus marraquetas con palta o hallullas con huevo revuelto o dobladitas con mermelada de damasco o pan amasado con mantequilla. O para hacerse unos completos, en el caso de los más afortunados.

Cuando era chica, esos paseos los hacía de la mano de mamá. Ella creía que la acompañaba por el interés de que me comprara una paleta de chocolate con leche en la panadería, pero la verdad es que me gustaba hacer el camino juntas. Tomarle la mano y soltársela de vez en cuando para adelantarme a arrancar flores. Se las regalaba y las guardaba con mimo en su cartera. Me imagino que ahora tiene un cajón lleno con todas ellas.

Mis trayectos en Santiago eran imposibles de hacer a pie. Tenía que tomar micro y metro o rogar para que mamá se ofreciera a acercarme en auto. En Madrid todo es potencialmente caminable. Incluso los trayectos de cuarenta y cinco minutos. No sé si es porque hay muchas calles peatonales o es que el paisaje invita a pasarse mucho rato mirándolo. Pero evito el transporte público y camino. Hago media hora de ida al trabajo y lo mismo de vuelta. A pesar de que en invierno me lloren los ojos y me duela la nariz por el frío. Por suerte ya no hace tanto, es primavera.

Voy camino de mi librería de confianza. Son veinticinco minutos a pie. Está atardeciendo. En Madrid no hay flores que recoger, olor a pan ni a rocío, alumbrado eléctrico ni perros callejeros. No sabría decir a qué huele Madrid a las siete de la tarde. Huele a las burbujas de cerveza que se mezclan con las risas en las terrazas, al último rayo de sol que desaparece tras las azoteas de los edificios, a los pitidos de los semáforos en verde, a los cafés que se vuelcan en los vasos con hielo, a los jadeos de los perros que pasean obedientes junto a sus dueños. Tal vez, Madrid huele a ruido.

Hago el recorrido atenta, quiero ver hasta las grietas de los muros, hasta los calzones colgados en la terraza de un tercer piso. Me pregunto cuándo empiezas a sentir una ciudad tuya. Doy la vuelta en una callejuela que me gusta. Puede ser que cuando dejas de usar el Google Maps. Estas últimas semanas he empezado a decir «vivo en Madrid». Antes era un «estoy en Madrid», como un estoy contenta o estoy triste, como algo que puede cambiar de un momento a otro. Paseo por las calles y siento cariño, no novedad. Tampoco extrañeza. Paso por un bar y recuerdo que es donde celebramos el cumpleaños de María, nos regalaron una ronda de chupitos de Jägermeister y dije que sabía a Navidad. Doblo la esquina donde hay una floristería en la que Cristina me compró claveles porque estaba triste. Paso también por donde está el grafiti junto al que abracé a María cuando le dio un ataque de ansiedad porque no lograba aprenderse uno de los temas de las opos. Veo a lo lejos el depósito de agua del Matadero y recuerdo el lengüetazo de Gonzalo que precedió a nuestro primer beso. Paso por la terraza a la que siempre vamos a tomar algo con María y Cristina y que nunca abandonamos sin dolor de guata de tanto reírnos.

Una ciudad se vuelve tuya cuando los sitios dejan de ser una posible historia de Instagram, y en cambio desbloquean un recuerdo. Al final las ciudades están llenas de huellas. Y yo me marco también por Madrid y, sobre todo, por quienes me han acompañado en este recorrido. Soy una arena que ya no tiene huecos lisos, en la que las pisadas se besan unas con otras. Si miro con atención puedo distinguir el rastro de María y Cristina en esta persona nueva en la que me estoy convirtiendo. También veo el mío en ellas. María antes se quitaba el maquillaje a lo bruto, se sacaba pestañas de tanto refregar y ahora lo hace con cuidado, con discos de algodón que se deja unos segundos lentos en cada ojo, como si sus párpados estuvieran hechos de merengue. Cristina dice *cachai* porque le encanta, es un peta zeta en su boca. Un gesto que al principio era algo artificial e intencionado, pero que de tanto escuchármelo ya forma tan parte de ella como el *joder.* Yo me tapo con fervor la boca cuando algo me impacta o cuando me mando una cagada, y eso me lo contagió María. A veces hago una floritura con la mano cuando quiero remarcar lo que estoy diciendo, un gesto que le robé a Cristina.

Me dejé contaminar por ellas como en su momento me contaminé de las cabras. Tenemos gestos idénticos. Exclamamos «¡ah!» y echamos la cabeza hacia atrás cada vez que contamos un chiste, ponemos la mano como un cuenco vacío y la movemos arriba y abajo cuando queremos transmitir que lo que ha dicho la otra persona es una total huevada, somos buenas para mirar hacia arriba cuando algo no nos gusta, jugueteamos con el colet de la muñeca cuando estamos nerviosas. También eso, solemos tener un colet en la muñeca. Al terminar el colegio mantuvimos esas huellas, pero cada una fue adoptando otras nuevas de las personas que entraban en sus vidas. El día en que nos volvamos a ver notarán mis huellas extranjeras, unas pisadas más grandes que se superponen a las de ellas. Las suyas se han ido desdibujando porque ya no tengo presencia física en el colectivo que me permitía mantenerlas. Notarán una traición en mi lenguaje, una tonalidad más cantadita, algún *joder* o *vale* que se me escape en vez de *chucha* o *yapo.*

Se encienden los focos de luz justo cuando llego a la entrada de la librería. El escaparate lo hace un segundo después y las cubiertas de los libros me deslumbran con sus colores chillones. Saludo a David, el librero, que me sonríe sin dejar de atender a una señora que se debate entre dos libros infantiles.

Recorro la mesa de novedades, leo unas cuantas sinopsis. Me traje solo tres libros de Santiago: *Orlando* de Virginia Woolf, *De perlas y cicatrices* de Pedro Lemebel y la *Poesía completa* de Emily Dickinson. El primero porque es mi favorito, el segundo porque no me lo había terminado y el tercero porque me gusta abrirlo de forma aleatoria cada día y leer un poema como si fuera el horóscopo. Ahora tengo diez más. Algunos han sido regalos, otras joyitas de ferias o tiendas de libros usados, pero al menos la mitad la compré aquí después de largas conversaciones sobre literatura con David. No vengo tanto, porque si no me farrearía todo el sueldo en libros. Pero cuando lo hago me tomo mi tiempo, me paseo por las estanterías, reviso con calma la mesa de novedades. Después de la segunda vez que estuve en la librería ya se aprendió mi nombre y me cachó el gusto literario. Es bonito que alguien conozca bien esa parte de ti. Me gustaría ser capaz de leer así a la gente. Verla escoger uno o dos libros y saber cuál es su onda. David tiene unos cincuenta años, debe ser un talento que se cultiva con la experiencia.

La señora se decanta por uno de los libros, paga y se va con una sonrisa satisfecha. Sigo paseando, toco los lomos con el dedo índice y no termino de leer los títulos. De repente me detengo en alguno que me da curiosidad por el color, por la editorial o porque siento una especie de vibración como cuando te hacen elegir una carta en el tarot. David me pregunta qué vine a buscar. Sonrío y sacudo la cabeza, esta vez no sé. Tengo ganas de algo luminoso, pero en mi lista de pendientes solo hay drama. Él me dice que le carga cuando le piden libros felices (obvio no dice *me carga,* sino *me jode* o *me toca los huevos*), odia cuando le piden: recomiéndame un libro feliz. Y qué es eso, me dice. Con la felicidad no se hace nada, no hay enredo, no hay trama. Ya sé, David, ya sé, le respondo mientras me río un poco porque es un discurso que ya me ha soltado un par de veces. Pero con luminoso me refiero a que te deje un buen regusto, ganas de hacer cosas, no sé.

Nos distraemos hablando de los libros que hemos considerado luminosos. Está de acuerdo con algunos que le menciono, pero muchas veces frunce el ceño y mueve la mano como si tuviera un borrador y quisiera eliminar lo que acabo de decir. A ver si vamos a tener perturbado el sentido de la luminosidad, dice, esa es una historia desgarradora. Nos enfrascamos así mucho rato. No entra nadie, ya es la última hora en que la librería está abierta, la tarde está cálida y todo el mundo prefirió ir a una terraza a tomar una chela. Al final a David se le viene a la mente *84, Charing Cross Road* de Helen Hanff y yo le hago caso.

—Tú cómo estás —le pregunto cuando me entrega la bolsita con el libro y el ticket. Se pone los lentes en la cabeza y se rasca los ojos.

—Bueno —dice—, se me va Paula, así que un poco desquiciado. —Ladeo la cabeza porque no sé de quién me habla—. La otra librera, le dieron una beca para hacer su doctorado en el extranjero y me dijo que prefiere usar el tiempo que le queda en Madrid para hacer algún viajecito con sus amigas y su familia, así que se me va en dos semanas y todavía no le encuentro reemplazo. —Me brillan los ojos como cuando me encuentro plata en el bolsillo del pantalón.

—Yo estoy buscando trabajo. —El cuerpo se me mueve hacia adelante y casi me abalanzo hacia el mostrador. David vuelve a ponerse los lentes y me mira con curiosidad.

—¿Sí? ¿Has trabajado antes en una librería? ¿Sabes cómo funciona el sistema de firme y de depósito? ¿Hacer facturas? ¿Te sabes los sellos de los grandes grupos? ¿Tienes ubicadas las editoriales independientes? ¿Sabes cómo funcionan las distribuidoras? —Se detiene porque identifica mi mirada de pánico—. Ay, lo siento, que parece que te estoy haciendo la entrevista ya mismo —ríe. Anota algo en un post-it y me lo pasa—. Envíame tu currículum al correo y lo vemos.

Salgo a la calle. Ahora el cielo es del color de una garganta. Respiro profundo. Madrid a las ocho de la tarde huele a papel y a polvo.

BABYSHOWER

Cata, Majo, Tú

en serio vamos a hacer esto?
19:46

Majo
Obvio poo
19:46

no es un poco ridículo?
19:46

Cata
por q?
19:46

no sé es algo que hacen los gringos
y lo del gender reveal es medio tránsfobo o no
19:46

Majo
no vamos a hacer esa wea
es una excusa pa juntarnos y hacer algo bonito cami
19:46

Cata
sipo
unos juegos entretenidos y una excusa pa tomar
19:46

la sofi no puede tomar
jajajajajaa
19:46

Majo
pero nosotras si jajajajaja
19:47

JAJAJAJ
bueno yo me compro un vino
y me lo tomo mientras las miro por videollamada
19:47

Majo
eeeeeella ke ahora toma vino de botella y en copa
con lo ke te gustaba el vino en caja con jugo de piña
19:47

JAJAJAJAAJA me sigue gustando oe
19:47

Cata
sisi claro
tai toda una europea
19:47

yaaa corten el webeo jajajajaa
bueno entonces ke que le vamos a regalar?
19:47

Majo
hemos estado mirando cosas pa guaguas y recién nacidos
y esta peluo
es ke ni idea ke puede ser mas util
quiza unos piluchos?
19:47

Cata
yo creo q todo el mundo le va a regalar piluchos
19:47

Majo
nos podríamos ir a lo practico y comprarle pañales
o no
al final son terrible caros y fijo los van a usar
19:48

Cata
pero q fome amiga
19:48

sii es fome
19:48

Majo
ay, en la tiene donde compro las cosas para hacerme mi desodorante casero venden unos aceites de aromaterapia podemos comprarle unos pa dormir o pa relajarse y ke lo use con el Orlando
19:48

Cata
mmm no sé
19:48

creo que eso es demasiado hippie para la Sofi jajajaja
19:48

Majo
es verda
19:48

Cata
yo vi una maquina de ruido blanco q tampoco es cara
19:48

Majo
ke es esa wea jajajajajaja
19:48

creo que es pa que duerma bien la guagua onda un ruido constante
19:49

Cata
tambien están los sacaleche
19:49

que brigido que a la sofi le va a salir leche jajajaja
19:49

Cata
la cago jajajajaa
HAY SACAMOCO TAMBIÉN
19:49

JAJAJAJAJAJAJA
19:49

Majo
JAJAJAJAA ESA WEA NO POR FAVOR
19:49

Cata
jajajajajajajajaa
pero el sacaleche podria ser
19:49

Majo
y un set de mamaderas y alguna teni?
*teida
*tenid AAAAAHHH
****tenida
por la chucha jajajaja
19:49

yo diría onda mamaderas, el sacaleche
o como se llame y una tenida bonita
o no
19:49

Cata
siiiiiii perfe
19:50

Majo
Bacaaannn
19:50

ustedes ven lo de los invitados y eso?
19:50

Majo
Yess todo controlado
19:50

ya la raja después me dicen cuanto es pa transferirles
esto es el jueves 14?
19:50

Majo
siii
19:50

bueno yo las llamo onda a las seis pa darles tiempo pa decorar
oye pero jueves 14 no es muy encima?
ya va a tener la mitad de la guagua afuera jajaja
19:51

Cata
noo la sofi nos dijo q esta perfe
19:51

Majo
si se supone ke no nace hasta principios de mayo
19:51

Yaya bacan
19:51

Majo
menos mal va a ser tauro y no geminis
19:51

TRES PIEDRITAS QUE CAEN A LA VEZ

Cuando tenía cuatro añitos avisaba a mamá antes de ir al baño. No sé por qué, pero era una necesidad. Mamá, voy a ir a hacer pipí o mamá, voy a ir a hacer caca. No podía ir sin anunciárselo. Era una maña, como la gente que tiene que revisar dos veces que puso la llave antes de salir o como los que evitan pisar las líneas del pavimento en la calle.

Un día sonó el timbre y era doña Gladys, la vecina. Mamá le abrió la puerta y se la encontró con cara de circunstancias, cerrando la bata con las manos como si en lugar de un gesto espontáneo estuviera ensayando una coreografía. A mí la vecina me daba un poco de cosa porque nos observaba con mala cara cuando jugaba con el Mati en el pasaje. Parecía que intentase establecer una especie de campo de protección con el magnetismo de su mirada. No quería que ninguna pelota amenazara sus rosas blancas, los cristales de sus ventanas o el pasto que regaba con tanto ahínco cada tarde. Prefería poner el cuerpo, la cabeza, la cara, su furia antes que enfrentarse a las consecuencias de un atentado terrorista infantil. Por eso, por el miedo a unos gritos, a un manguerazo o a un le voy a contar a su mamá lo que hicieron, cabros de miéchica, preferíamos jugar lejos del número 20 del pasaje.

Mamá arrastró a doña Gladys hacia el living y le ofreció un vaso de agua. O un tecito. O un cafecito. O una Coca-Cola. Agüita está bien, dijo, y mamá se escabulló a la cocina. Escuché el grifo y recordé que tenía ganas de hacer pipí desde hacía rato. Solo que esa vez me daba vergüenza ir a avisarle porque eso suponía acercarme a doña Gladys, y hacía poco le había robado una rosa de su jardín y quizás sabía que había sido yo. Doña Gladys empezó a hablar y sus palabras parecían la arena de un reloj que aplastaba a mamá poco a poco. Costaba seguirle el ritmo y entender lo que decía. Había palabras que no comprendía como «divorcio» o «abogado». Y los gritos, decía abatida, ay los gritos y ay, Jesucristo, los pobres niños, suspiraba. Te das cuenta, Lara, tomó aire y aprovechó para dar un primer sorbo al vaso de agua y me imaginé su lengua como una esponja seca que de repente se empapaba, te das cuenta de que la Yuli va a ser madre soltera..., ¡separada! No te creo, exclamó mamá. Fingió su indignación, aunque lo cierto es que le daba lo mismo: la abuela está divorciada y ella misma se había planteado un par de veces seguir su camino. Pero fingía ser empática con doña Gladys, que ahora había sacado un abanico del bolsillo e intentaba calmar sus bochornos. Empatizaba porque así la mujer iba a seguir contándole los pormenores de ese matrimonio que, de puertas afuera, se veía tan tranquilo dentro de su casita verde llena de enredaderas y que parecía sacada de un cuento.

Cuando se vive en un barrio tan tranquilo, en un pasaje que nunca ocurre nada, cualquier cosa es un caramelito. Y a mamá le venía bien distraerse del trabajo doméstico y la atención monótona que nos tenía que dedicar al Mati y a mí. Ahora está solo el Gustavo en la casa, continuó doña Gladys, me contó la Silvita que ayer la Yuli se llevó a los niños y se fue donde sus papás, finalizó y se tomó el agua que le quedaba al seco.

Lo único que logró sacarme de la narración fue una cascada dorada bajando por las escaleras. Noté los pantalones mojados y calentitos. La vergüenza me había impedido ir a decirle a mamá que tenía que ir al baño y ahora había colapsado. En realidad, la vergüenza se había convertido en interés. Me quedé con la oreja parada todo ese rato porque a mí también me picaba la curiosidad la historia de la Yuli a pesar de que no la terminaba de entender. Estaba hipnotizada con la cadencia de la voz de doña Gladys, con sus pausas dramáticas, con los agudos que llegaban en momentos de indignación, con las manos que se movían con el ritmo del discurso y que parecían dos moscas apareándose, con las exclamaciones de mamá que la incitaban a seguir la historia. Me distraje con el relato y dejé de enfocarme en que tenía que aguantarme las ganas de hacer pipí.

Mamá continuó recibiendo a doña Gladys porque le entretenía enterarse de todos los cahuines del vecindario. Pero un día la Silvita le contó que doña Gladys andaba diciendo que no me lo puedo creer, la Lara se está poniendo fresca con el fontanero, parece que andan en un amorío los dos. Obvio era mentira, lo decía solo porque el fontanero llamaba a mamá *mi reina.* El pobre estaba acostumbrado a trabajar con puras señoras mayores en el vecindario y ahora estaba encantado de poder ver la carita joven y tan linda de mamá. Se ponía coqueto y se daba esas confianzas. Lo que pasa es que en ese tipo de situaciones, mamá se pone muy tímida como para decirle: mira, yo no soy na tu reina, ni tuya ni de nadie. Así que le sonreía, nerviosa, y se iba a seguir con sus cosas mientras el hombre se agachaba bajo el fregadero atascado y mostraba su alcancía peluda. En cuanto la Silvita le contó lo que andaba diciendo doña Gladys, mamá salió a la calle furiosa con las pantuflas y chascona, se paró en la puerta del número 20, en donde estaba la señora regando sus rosas, y le dijo: muérase de vieja y no de sapa.

En Chile tenemos cuatro palabras para nominar lo que la Real Academia Española define como «cotilleo». *Cahuín. Copucha. Pelambre. Chismecito.* Y tenemos cinco adjetivos para definir a alguien que lo practica. *Cahuinero/a. Copuchento/a. Pelador/a. Chismoso/a. Sapo/a.* Somo un país bueno pa cahuinear. Por eso tienen tanto éxito los realities y los programas de farándula. Pero la tele no le gana a lo que puede hacer un grupo de vecinos o amigos. El cahuín une porque hay un mismo objeto de interés. Genera intimidad, complicidad. A veces, una amistad surge no tanto por las cosas en común entre los involucrados, sino por los cahuines que tienen para ofrecer y lo jugosos que sean.

Mi amistad con la Cata, la Majo y la Sofi surgió cuando éramos muy chicas, antes de tener consciencia de lo que era el cahuineo como tal. A veces en el recreo mirábamos a la Valentina y la pelábamos porque se comía los mocos o manifestábamos nuestro asco en secreto porque el Lucas siempre tenía la boca llena de chocolate. No sabíamos que ese primer secretismo mutaría luego en conversaciones largas y elaboradas. En relatos llenos de subtramas, antagonistas y efectos narrativos como la tensión, la intriga o recursos como los *flashback* o los *flashforward.* Los cahuines se convertían en ficciones y nosotras en sus autoras.

No había nada como las mañanas después de un buen carrete. Reconstruíamos la noche según la percepción de cada una. Recordábamos momentos y agregábamos detalles que a la otra se le había olvidado por estar muy curada o porque andaba por ahí con uno y se lo había perdido. A veces creo que la pasábamos mejor relatando lo sucedido que viviéndolo. Muchas de esas anécdotas las seguimos recordando cuando nos juntamos. Y cada vez que lo hacemos cambian un poquito. Agregamos detalles, metemos personajes, manipulamos el orden de los hechos, les ponemos efectos especiales.

Cuando entramos a la U dejamos de vernos todos los días, así que las juntas se volvieron espacios dedicados al relato. Nos poníamos al día con los capítulos pendientes de nuestras novelas. Ya hasta nos sabíamos el estilo de cada una. La Cata exageraba (te lo juro, era grande como un bate de béisbol), la Majo le bajaba el perfil a las cosas (si tampoco fue pa tanto, da lo mismo), la Sofi romantizaba (se veían las estrellas como nunca, chiquillas, como si el cielo nos estuviera regalando ese momento) y yo… yo abusaba de la intriga (pero ¿entonces lo hiciste o no…? Esperen, esperen, vamos por partes). Creo que últimamente lo que más hacemos es reforzar nuestra intimidad a través de la repetición de recuerdos en común. Este tipo de juntas con mis cabras ha sido lo más cercano que he tenido a un espacio de pausa y creatividad. De cierta forma, mis amigas son las primeras tejedoras de ficción que he conocido. A veces me pregunto si aprendí a contar historias gracias a ellas.

Una anécdota con la que terminamos cagadas de la risa cada vez que la recordamos es la de los perros de la playa en Algarrobo. Esa noche estábamos carreteando y andábamos todas dispersas, con el pinche de turno, hablando con desconocidos, con un amigo al que hacía tanto tiempo que no veíamos o meando en algún lugar que pasara piola. De repente se escuchó una ola de risas. Presté atención. Había flashes de celulares apuntando hacia un punto concreto en la arena. ¿Eran perros? Sí, eran perros… culeando. Pero ¿qué es eso que está al medio? La Cata me gritó desde un extremo: ¡es la Sofi! La Majo salió disparada y gritó como loca para ahuyentar a los perros que, más calientes que nunca, se ensañaban contra la pobre, que se había hecho una bolita en la arena.

Luego nos diría que ella fue a acariciar a uno y de un momento a otro se encontró en esa situación. Me entró un ataque de risa mientras miraba de reojo a la Cata, que también estalló en carcajadas. La Majo venía ya de vuelta con la Sofi toda chascona y llena de arena y, a pesar de la oscuridad, pude ver que se estaba aguantando la risa. No estoy segura de cuántos perros fueron en realidad, pero cada vez que la volvemos a contar se suma otro y ahora tenemos la imagen de que eran como diez.

Lo mismo nos pasa con una de nuestras historias favoritas de la Majo. Había salido a fumar con un cabro, él le dijo que hacía grafitis y ella le respondió: ah, que buena.

—¿Queri ver uno que tengo aquí a la vuelta? —le preguntó.

No quería, pero hacía mucho viento y su cigarro no paraba de apagarse, y él tenía encendedor y ella no, así que lo acompañó. El grafiti, en realidad, era un garabato mal hecho que decía: PACO CULIAO.

—Es mi sello —le dijo—. Cuando veai esto por la calle en letras moradas vai a acordarte de mí. Elegí el morado pa empatizar con el movimiento feminista, ¿cachai?

La Majo no se atrevió a decirle que probablemente el 60% de las rayadas que hay por Santiago, incluso por todo Chile, dicen PACO CULIAO. Tampoco le dijo que era una completa pelotudez lo del color morado. Se limitó a sonreír y le pidió el encendedor. El presunto grafitero empezó entonces con el te encuentro muy linda, te estuve mirando todo el carrete, me encanta tu piel morenita, se ve tan suave, ¿te habían dicho que olís a incienso?, y le pasó un dedo por el brazo desnudo. La Majo se echó hacia atrás. Me podriai dar un beso, dijo.

Ella respondió no, gracias, pero estaba apoyada en la pared y él justo enfrente.

La Majo, por alguna razón que no nos supo explicar, quizás porque estaba curada y media volada, no quiso ser mala onda y mandarlo a la chucha con un empujón, así que siguió diciéndole oye mira, no quiero. Nos contó que en verdad no le daba miedo, no se veía peligroso y no creía que le fuera a dar un beso a la fuerza, pero sí era muy insistente. Muy hinchahueas, dijo. Así que a la Majo no se le ocurrió otra forma de zafarse de esa situación que decirle: porfa, volvamos, que me voy a mear. Y él: pero dame un besito primero. Y ella: que no, loco, me voy a mear. Pero, yapo, uno no más. Y la Majo, como es una mujer de palabra, se meó. Él quedó en shock y ella, triunfante y mojada, volvió al carrete a seguir bailando. Hoy lo recordamos como que un chorro de pipí cayó directo al suelo y que incluso le salpicó las zapatillas al grafitero, y poco importa si en realidad fueron solo unas gotitas y él simplemente dejó de insistir.

No puedo evitar ver a mis amigas en María mientras habla, en su forma de mover las manos, en cómo frunce los labios, cómo abre más la boca cuando quiere hacer énfasis y los ojos cuando espera una reacción. Distingo sus recursos narrativos mientras nos cuenta a Cristina y a mí su última noche de fiesta con unos bomberos. Estamos sentadas sobre una manta en la orilla de un embalse. Vinimos a pasar la tarde a la sierra. Corre un poco de viento y María no deja de interrumpir su discurso para apartarse el pelo de la cara. Trajimos algo de picoteo y un par de botellas de vino. Estamos celebrando que David me propuso contratarme por dos meses de prueba. Si ve que funciono bien, me ofrecerá un contrato indefinido en la librería. Empiezo en dos semanas y ayer presenté mi renuncia al bar.

Cristina no deja de comer semillas de girasol a una velocidad que me recuerda a un hámster. María sigue pletórica mientras cuenta su noche. Resulta que la semana pasada conoció a un chico en la biblioteca que está opositando para ser bombero. Él tiene a un amigo que ya está dentro del cuerpo y le dijo que iban a hacer una fiesta en la bomba, en medio del turno. María se dijo «por qué no», y esa noche la pasó en una estación de bomberos brindando con ellos y algunas de sus novias.

—Bueno —continúa—, ligué con uno.

—¿Con el de la biblioteca?

—No, no, con un bombero de verdad.

Me reí y le dije:

—Pobre el otro.

—Qué va, si el otro es gay. Bueno, la cosa es que ligamos y con el pedo que llevábamos nos pusimos súper cachondos.

—Normal.

—Y no sé, con la tontería no se nos ocurrió una mejor idea que follar dentro de uno de los camiones.

—¡Mentira!

María se ríe.

—Te lo prometo. Entramos al camión y empezamos a follar, yo lo recuerdo súper sexy, pero la verdad es que no tiene pinta, era un lugar mazo incómodo. Pero eso no es lo mejor de todo… Estaba a punto de correrme, ¡a punto!, cuando sonó la alarma.

—María, no te creo.

—¡Te lo juro! Sonó la alarma a toda hostia y al chaval se le desinfló como un globo, la cara de pánico que tenía, madre mía. Casi no nos da tiempo a vestirnos. Justo cuando estábamos saliendo del camión, nos topamos con el resto que ya estaban listos con los trajes y los cascos para montarse.

Se muere de la risa y se limpia un par de lagrimitas.

—Pero y tú qué hiciste.

—Nada, me quedé de charleta con las otras chicas. Volvieron a la media hora, el incendio resultó ser una anciana a la que le había explotado un enchufe.

Me llama la atención que Cristina no haya hecho ningún comentario. Se ha mantenido concentrada en las semillas de girasol y ha intentado sonreír en algunos momentos. Noto que tiene la cabeza en otro sitio. La Cristina que conozco habría chillado y aplaudido de una forma tan escandalosa que hubiera espantado a todos los pájaros a la redonda, pero parece una estatua. María se da cuenta y le pregunta qué mosca le ha picado. Cristina niega con la cabeza y se termina el conchito de vino que le queda.

—Nada, estoy agobiada con el curro, es mucho estrés... No sé si tomé una buena decisión en aceptarlo.

—¿Por? —No puedo controlar mi expresión de incredulidad, Cristina se da cuenta y se pone un poco roja.

—A ver, no quiero sonar quejica, en plan, sé que estoy en una situación mucho mejor que antes. —Hace una pausa mientras termina de pelar la enésima semilla—. Pero por esa misma razón también tengo más ansiedad. Siento que me han dado una especie de premio y tengo que luchar cada día para no perderlo, para demostrar que me lo merezco. Es agotador. ¿De verdad es un premio o un favor el hecho de simplemente tener un trabajo con las condiciones laborales mínimas?

—Ahora te reconozco más —dice María con una risita—. Ahí está mi Cristina sindicalista.

—Pero es que es cierto, tías. Me paso las ocho horas con pánico a cagarla y, al salir, me paso mis horas libres rayada por si hice algo mal. Además, me da miedo no volver a actuar nunca más.

—Ya. —María suspira y se estira un poco el cuello. Me quedo pensativa mientras observo las cáscaras esparcidas por la manta—. Nos deberíamos quedar aquí. Bueno, no aquí como tal, pero irnos al campo y mandar todo a tomar por culo. Montarnos una civilización a nuestro rollo.

—A nosotras no nos resultaría —le digo—, María, a ti te cargan los bichos y la tierra y tú, Cristina, no puedes vivir sin tu Alexa.

—Y tú, Cami, con lo especialita que eres con la comida... —Nos reímos sin ganas y nos sumergimos en un silencio que solo se interrumpe por el viento empujando el agua y algún pájaro cantarín.

María juega con el borde deshilachado de la manta, Cristina comienza a recoger las cáscaras desperdigadas y yo me miro las puntas partidas del pelo. De súbito me entra una necesidad de moverme. Me levanto deprisa y me mareo un poco. María y Cristina me miran. Me quito la ropa hasta quedar en calzones. No habíamos traído trajes de baño porque no está permitido bañarse en el embalse y todavía no hace demasiado calor. Pero necesito sumergirme en otra cosa que no sea el silencio. Sin decirle nada, Cristina ya está también en calzones. Le damos la mano a María para ayudarla a levantarse y, después de una risa incrédula, se desnuda también.

Metemos los pies y comenzamos a caminar hacia dentro. Cristina va por delante porque tiene los pies de hobbit y no le duelen las piedritas. Con María nos tomamos de la mano y nos quejamos a cada paso mientras nos contorsionamos del dolor. Alcanzamos a Cristina y nos quedamos las tres con el agua hasta las rodillas. Miramos el horizonte, el sol parece un ojo resplandeciente que amenaza con esconderse en su párpado en cualquier instante. Hundimos el resto del cuerpo, sucede como si lo hubiéramos coreografiado: una entrada limpia, tres piedritas que caen a la vez con un solo *¡ploc!*

El agua se esparce fría por nuestras pieles, se nos mete en los oídos, cosquillea nuestros pies y traspasa la tela fina de la ropa interior. En vez de provocarnos rechazo o retirada o bocanadas de aire compulsivas, nos produce una risa fresca. Hacemos un triángulo en el agua, parecemos tres islas diminutas. Cristina comienza a nadar hacia una boya que hay a lo lejos. María va detrás con brazadas certeras. Las contemplo alejarse. Resisto la tentación de volver a la orilla y las sigo.

SOY UN PAN CALIENTE

No funciona bien la conexión. Reviso el rúter del wifi, pruebo con los datos del celular. Al otro lado, la Cata se impacienta, ya quiere servirse una piscola y ponerse a hablar con las demás. Su imagen se queda congelada justo en el momento en que pone los ojos en blanco. Vuelvo a probar el wifi y por fin parece establecerse una conexión en condiciones. Le digo yapo, Cata, muéstrame cómo dejaron la decoración. La Cata le pasa el celular y la tarea a la Majo y la veo alejarse a una mesita en donde está la comida y el alcohol.

La Majo tiene un bindi en la frente y lleva un vestido étnico. Me saluda contenta y empieza a hacer un tour por el patio de la Sofi. Habían comprado decoraciones celestes con dibujos infantiles de peluches, maracas, chupetes y pollitos. Un horror. También llenaron todo de globos blancos y plateados. Compraron una torta de merengue y le pusieron una vela con un cero en el centro. No lo entiendo. Veo al pololo de la Sofi susurrándole algo al oído y ella sonriendo en respuesta. No estoy segura de si se llama Alfonso o Adolfo. Cuando me refiero a él lo hago como «tu pololo» o «el pololo de la Sofi». Alfonso o Adolfo le acerca una silla a mi amiga y, agarrándola firme del brazo, la ayuda a sentarse.

Es la primera vez desde que está embarazada en que me cuesta reconocerla. Parece que ha mudado su vida anterior como la piel de una serpiente. No puedo ver nada más que la guata gigante. Lleva un vestido largo y ajustado que resalta ese globo aerostático invertido. Temía este momento en que ya no viera en mi amiga a la niña con la que jugué en el patio del recreo, a la adolescente con quien crecí, a la joven con la que salí a carretear tantas veces. Pero solo siento curiosidad. Ganas de conocer a esta nueva persona, de desenterrar en este nuevo brillo los restos de su esencia como conchitas en el mar.

Y eso po, ¿te gustó como quedó?, me pregunta la Majo mientras se ríe. La conozco tan bien que sé que a ella le parece igual de ridículo que a mí, pero que al final le da lo mismo. Le pone contenta saber que para la Sofi el *baby shower* es uno de los eventos que más le ilusionan. Incluso más que el parto. Porque esta tarde estarán todas las personas que quiere, se sentirá arropada, recibirá regalos, comerá rico. Esta tarde no hay dolor. Es tierno, digo y me río también. Acompaño a la Majo a abrirse una cerveza y aprovecho para descorchar el vino blanco que me compré. Estoy sentada en el escritorio, con el celular apoyado en algunos libros y un vaso vacío porque en el departamento no tenemos copas.

—Cómo hai estado, Cami.

Doy el primer sorbo al vino y empiezo a hablar, pero me interrumpe una persona que saluda a la Majo. Baja la altura del celular y ahora le veo la papada mientras sonríe y le responde a quien me parece que es la Blanca, una de nuestras compañeras del colegio. Me distraigo de lo que hablan porque no me interesa. Es el típico intercambio entre quienes no se ven en mucho tiempo y es obvio que ya tienen poco o nada en común. Me termino el vaso de vino a la vez que terminan los temas de conversación.

—Ah, bueno, y acá tenemos a la Cami por videollamada, está viviendo en Madrid.

—Ay, qué bacán, sí, había visto algo en Instagram. ¿Y qué onda? ¿Estai estudiando algún magíster?

—No, no, vine a trabajar —respondo, y subo un poco la voz porque no estoy segura de que la Majo haya acercado lo suficiente el celular.

—Ah, qué buena, ¿de qué?, ¿de profe?

—No, ahora recién empecé a trabajar de librera. —Sonríe, pero noto su decepción. La Blanca está terminando su carrera de odontología.

—Qué bonito, como en *Nothing Hill.* Oye, ¿y hai leído a Ken Follet? Me regalaron su última novela y es súper chora, se lee como una película.

La Majo deduce que estoy entretenida con la Blanca y le pasa el celular mientras va a buscar otra cerveza. Siento la impotencia de estar en un espacio en el que no tengo piernas. En el que me condeno a establecer una conversación con quien me sostiene.

—Lo conozco, pero no lo he leído.

—Te lo recomiendo, es bien bueno. Recomiéndame uno tú po.

Me salvo de darle una respuesta porque se lanza a saludar con euforia excesiva a alguien que no alcanzo a distinguir. Es como si hubieran metido el celular en la lavadora, solo veo una maraña de chaquetas y blusas, algunos brazos, un trozo de jardín, algún globo plateado luchando por no desinflarse. En eso la Majo me rescata, me endereza y sonríe mientras se lleva la lata de cerveza a la boca.

—Te voy a pasar a la Sofi, que todavía no la hai visto.

Se mueve con el celular a la altura de la cara y llega hasta donde sigue sentada la Sofi.

—La Cami —dice mientras le pasa el celular. ¿Así se sentirá una guagua cuando la pasan de brazo en brazo? Ahora entiendo por qué lloran todo el rato.

—Amigaaaaa. —Le brilla la sonrisa, los ojos, las mejillas, el pelo, toda ella desprende vitalidad, fertilidad—. Qué bueno que te pudiste conectar, ¿qué hora es allá?

—No tan tarde, las doce.

—Ah, bueno. Oye, pero cuando querai desconectarte hazlo, tú tranqui.

No sé cómo ni por qué, me empieza a contar la planificación del parto. Escogió una matrona posmoderna. Apenas me ve la cara de escepticismo, me advierte que no es ninguna hippieda. La gracia de este tipo de matronas es que construyen un plan de partos con las mamis —usa esa expresión, *las mamis*— para que sea una experiencia personalizada y segura en que se respeten sus deseos y expectativas. Se traza una línea de caminos a los que se puede desviar el parto y se comentan todas las posibilidades a la hora de tomar decisiones ante cualquier eventualidad. Cree que esta era la mejor opción para tener un parto lo más natural posible, cuidado y responsable, y así evitar cualquier tipo de violencia obstétrica.

—Tú sabi todo lo que yo vi en mis prácticas en el hospital, son unos bestias con tal de sacar la guagua al tiro y liberar el quirófano rápido.

Menos mal que el pololo de la Sofi tiene plata y la quiere mucho como para darle ese lujito. Brígido que parir de forma segura tenga que ser eso, un lujito.

—¡Shh, cállense! —escucho gritar a la Cata en algún punto del patio—. ¡Vamos a empezar a jugar!

Su instrucción da paso a una vorágine de caras, palabras, acciones y risas que no soy capaz de distinguir. La pesca de chupetes, quién adivina cuánto mide la guata de la Sofi, quién hace el mejor dibujo en un pañal, el Twister embarazado en el que todo el mundo se pone un globo en el abdomen para jugar, quién se toma una piscola al seco más rápido en una mamadera… A medida que pasan los juegos a mí me van pasando como el testigo en una carrera de relevos. No termino de ver bien ninguno, ni mucho menos saber quién gana. Ruido, música, risas, gritos, todo un revoltijo que atenta contra las capacidades de las ondas de mi celular. Me dedico a bajar la botella de vino.

—Agarra un rato a la Cami, Majo —dice la Sofi. La Majo me recibe pero al instante le pasa el celular a la Cata.

—No puedo, me estoy meando.

—Ay, a mí es que se me cansa mucho el brazo.

Vuelvo a la Sofi. Soy un pan caliente que nadie soporta entre las manos. Veo su cara desde abajo y distingo un moco redondo y chiquitito en uno de sus orificios nasales. Me apoya en algún soporte sobre la mesa de comida y bebidas y se agacha para estar a mi altura.

—Te dejo ahí un ratito, amiga.

Antes de que le pueda decir nada ya me está mostrando su poto gordo que se bambolea de vuelta a donde está su pololo. Me queda el último vaso de vino.

El show continúa con la apertura de regalos. Cada vez que se acerca alguien por una cerveza o un nacho con guacamole, se agacha un poquito y me levanta las cejas como saludo. No conozco a más de la mitad de la gente y digo un «hola» tras otro como si fuera el portero de un hotel. La Sofi es un niño en Navidad, cada regalo que abre parece ser la pista de Hot Wheels que estuvo esperando todo el año. Pero son piluchos, chupetes, pañales, un andador, juguetes especiales para morder. Los walkie-talkies me parecieron el regalo más bacán. La Blanca le regaló la máquina de ruido blanco y el temido sacamoco.

Abre el nuestro de los últimos. Lo eligieron la Cata y la Majo: una jardinera de mezclilla con una polera blanca con vuelitos y unas zapatillas rojas tan chiquititas que parecen narices de payaso. Le encantó. Y dice: ay, esto me va a servir caleta, sobre el sacaleche y el set de mamaderas. Abraza a la Cata y a la Majo con fuerza, y mantienen ese agarre entre las tres por unos segundos que se me hacen eternos. Gracias, cabras. La Cata le susurra algo y la Sofi da un respingo como si se acabara de acordar que se dejó la plancha encendida. Mira en mi dirección y hace un corazón con ambas manos. Levanto el vaso para brindar, aunque sé que desde esa distancia no puede verme bien.

En la pantalla aparece un mensaje de Cristina con una ubicación. Hoy me había invitado a la presentación de un libro de la editorial para la que trabaja, lo más probable es que luego se fueran a cenar y a tomar algo. María fue, yo tenía el *baby shower.* Cristina se rio cuando se lo dije, pero apenas vio que no la seguía entendió que hablaba en serio. Bueno, no pasa nada, habrá muchas más. Y sí, seguramente sí, aunque no puedo evitar sentir el ansia de perderme cualquier evento. Cualquier evento físico. Pero no me podía perder el *baby shower* de la Sofi. Tenía que estar de alguna forma. Dos minutos después, llegan otros mensajes.

Cami, veeeeeen
La autora es majiiisimaaa
Ha venido con sus amigos escritores estamos tomándonos unos vinos y despues iremos a su piso veeeeeen

1:32

Veo en la videollamada cómo las personas se mueven de un grupo a otro, conversando. Las voces suben de tono y las carcajadas aumentan. Noto que la Majo y la Cata ya están un poco *happy* por la forma en que se menean cuando se ríen. Me planteo cortar e irme con Cristina y María, pero no estoy segura de qué me lo impide. Reviso la dirección. Está a la chucha y ya pasó el último metro. Nada, me quedaré viendo la fiesta. En Santiago recién está oscureciendo. Devuelvo los ojos a la pantalla justo cuando Adolfo o Alfonso enciende las luces del patio. La Sofi agarra su copa de Champín y la golpea con una cucharita. Va a decir unas palabras.

—Bueno, saben que no soy muy buena hablando en público, pero vamos a intentarlo. —Se escuchan pitidos y aplausos—. Queda poco para que nazca el Orlando y me pone muy feliz tenerlos a todos aquí reunidos para celebrarlo…

Desconecto del discurso y me entretengo viendo las pocas gotas de vino que quedan en el vaso. Muevo el cristal hasta tenerlas todas en el fondo. Las voy uniendo de una en una, como si estuviera jugando al Snake en un Nokia antiguo. Me queda una gota gorda casi en el centro. Inclino el vaso sobre los labios y espero paciente hasta que me amarga la lengua. En el momento en que lo dejo de vuelta sobre el escritorio, escucho vítores, gritos y más aplausos. La Sofi le da un beso a su pololo y mis cabras se acercan a ella para abrazarla. Algunos se hacen los chistositos tirando globos por todas partes. Entonces escucho un rugido similar al que hace la tierra justo antes de un terremoto. Un curado o un torpe o un curado torpe acaba de tropezarse con la mesa.

Mi imagen al otro lado se inclina hacia delante, es como si estuviera asomándome a un precipicio. El celular cae al suelo con un golpe seco. Espero, paciente, a que alguien me recoja mientras escucho el jaleo de voces y la música de fondo. Pero pasan los minutos y todo sigue igual. Son las dos de la mañana y el departamento está en un silencio absoluto. Solo se escucha el murmullo festivo de esa pantalla fundida a negro.

AQUÍ LO TIENES

Justo antes de venir a Madrid me avisaron de que había ganado un premio literario. Era de relatos para jóvenes, sin tanta repercusión ni mucho menos, pero tendría una premiación a la que no iba a poder ir. Fue mamá, porque le hacía ilusión. Llegó temprano, me mandó una foto del aula vacía. Prefería ir con tiempo porque es buena para perderse. La sala se llenó de a poco, empezó el acto y comenzaron a entregar los diplomas. Cuando mencionaron mi nombre, ella se levantó y subió con timidez las escaleras del escenario. Subí con el pechito inflado, me dijo. La mujer que entregaba el premio la miró un poco raro, como diciendo: usted no es menor de treinta. Ella aclaró: soy la mamá, mi hija está en España. Le dieron el diploma y se sacó la foto con una sonrisa que parecía un plátano cruzándole la cara.

Estoy revisando archivos antiguos de Word. Llevo así horas. La pieza ya está oscura y mi cara se ilumina por esa pantalla en la que pasan documentos llenos de reflexiones, relatos, principios de novelas y poemas malísimos. No abro ninguno nuevo ni retoco nada desde hace meses. Están todos ahí como si los hubiera metido en una cápsula del tiempo. Quiero recordar cómo escribir. O entender por qué lo hago.

Me resuenan las palabras de mamá. La imagino haciendo el recorrido desde su asiento hasta el escenario como una paloma erguida, con el torso prominente dirigiendo su marcha. Quizás escribo para volver a hincharle el pecho.

Fantaseo con escribir una novela en que «mamá» no sea un personaje secundario, sino la protagonista. En que tenga un nombre propio con dos apellidos. En que sea ella quien llame a los otros y no sean los otros que la llamen «mi mamá» o «mi esposa» o «mi hija». Pero todavía no me atrevo ni a sumergir los pies en esa intimidad.

Abro un documento nuevo y observo la rayita parpadeante. Es como un cronómetro que cuenta los segundos que paso sin escribir. Es una respiración inquietante en la nuca, una pierna que se mueve nerviosa en una sala de espera. Las piernas de la Cata, de la Majo, del pololo de la Sofi, de su mamá mientras aguardan las noticias del parto. Es la mía que no está en un hospital, sino bajo el escritorio de mi pieza en un departamento de este país de Europa que, en un principio, no importaba cuál era ni tampoco qué ciudad.

Reviso el celular cada pocos minutos para ver si hay noticias, ansío que llegue una foto de la Sofi en la que sonría aliviada porque sostiene el cuerpecito caliente y rojo del Orlando, aunque parezca que está pasando la peor caña de su vida. Pasan las horas y nadie dice nada. Pregunto y no obtengo respuesta. Entonces, me empiezo a pasar rollos de que se complicó la cosa. El parto de la Sofi se vuelve una escena del siglo XVI en la que mi amiga está a punto de morir desangrada, y un campesino que solo ha asistido partos de vacas le intenta salvar la vida por lo menos a la guagua. En la película que me estoy pasando ya no existe ni la clínica especializada ni la matrona posmoderna. En mi película va a cumplirse uno de mis mayores miedos: el embarazo terminará por destruir a mi amiga. Pero ya no puedo ver al Orlando como un monstruito dominante. Ahora lo percibo como una nube redonda y chiquitita a la que hay que acunar con cuidado para que no se desarme entre los brazos.

Una cosa es pensar en un mundo en que la Sofi ya no es mi amiga, pero otra muy diferente es imaginar uno en que ya no existiera. Buceo por los archivos hasta llegar a un relato que dejé a medias sobre dos amigas que se cruzan por la calle y no se reconocen. La protagonista se queda con ese rostro en la cabeza, intenta descifrar de qué le suena. ¿El colegio?, ¿la U? Sigue su camino y la calle le muestra elementos en las fachadas de los edificios, los locales, los árboles, los paraderos, las veredas, que le desbloquean algún recuerdo de esa amiga con la que cruzó la mirada, pero que pasó como una desconocida más. Cuando llega a casa, hace una lista de todas esas cosas en un afán por no olvidar.

Vuelvo a la página en blanco. Tal vez escribo para recordar. Escribir es tomar una foto para guardarla en el velador. Es poner un mensaje de WhatsApp en favoritos. Es guardar una servilleta del restaurante en el que te dieron una buena noticia. Es soplar la comida caliente antes de dársela a un niño. Es hacerle bien la cama a alguien. Escribir es hacer trascender a las personas que he amado, para que habiten un pedacito de quienes me lean y las amen también.

Recuerdo cuando enfrentarme a la hoja en blanco era una tarea fácil. Me lanzaba al teclado con la agilidad monótona de cuando me lavo los dientes, pero con la pasión desbordada de cuando jugaba en el mar. Contaba historias de lo que me ocurría y de lo que quería que ocurriese. A ninguno de mis papás les sorprendió cuando les dije que quería dedicarme a la literatura. Primero quise ser doctora y, en vez de pedir un libro de anatomía o un estetoscopio, me dediqué a escribir un libro que titulé *La pediatra pirata.* En la adolescencia me pasé tardes enteras escribiendo *fanfics* sobre los cantantes que me gustaban, proyectando cada uno de mis deseos y compartiéndolos con otras adolescentes ensoñadoras. Llenaba las hojas de mis cuadernos con la velocidad con la que se llena un vaso de agua.

Ahora la pantalla se cansa de esperarme y se funde a negro. Me devuelve mi reflejo solitario, compungido. ¿Nada?, insisto por el grupo en el que todavía no hay noticias. La Majo responde al cabo de diez minutos que pasan en cuentagotas: nada. El final del embarazo de la Sofi se dilata en el tiempo como el moho por las paredes y, entretanto, me pregunto si realmente existen los finales o si son simplemente un columpio que se debate entre el cambio y la espera.

En cuanto vuelvo a desbloquear la pantalla del computador me llega un mensaje. Agarro el celular temblando, me equivoco al poner el código y al ingresarlo por segunda vez lo hago lento, como si de manera inconsciente estuviera retrasando la mala noticia de que algo salió mal en el parto. Pero es un video, la tan esperada imagen de mi amiga sosteniendo al Orlando. La Sofi tiene el pelo pegoteado cayéndole sobre la frente, los labios apoyados en esa cabecita delicada, está sollozando y a la vez ríe satisfecha. El Orlando tiene la carita roja, mueve los pies y las manos con la rareza de un pececito que acaba de asomarse fuera del agua por primera vez. Los ojitos, apenas abiertos, como la rendija de una alcancía. La lengua sale y entra de su boca, quiere saborear esta cosa tan rara que es el aire. Aún no prueba el lenguaje y no importa, ahora solo necesita de esos brazos firmes que lo sostengan. Me concentro en su pechito que sube y baja con un ritmo constante.

El chat estalla con corazones, la Cata envía una selfi llorando, la Majo un video mandando besos y yo un audio con un grito de alegría. Nos pasamos la vida en un proceso de transitar hacia algo nuevo, y tengo la sospecha de que la única constante que se mantiene es el amor. No recuerdo ningún momento de mi vida en el que no haya amado, dejado de amar y vuelto a hacerlo. En el que no haya permanecido amando. El amor, al fin y al cabo, es como un atardecer: algo que sigue conmoviendo a pesar de que sucede todos los días.

Dejo el celular a un lado y vuelvo la mirada a la pantalla. La página sigue en blanco y la rayita, titilante. Ya no solo escucho el tic-tac, ahora consigo ver su parte de calma. Es el corazón de una guagua que descansa sobre el pecho de mi amiga. Trae serenidad, la idea de que aún hay algo por venir. También trae el vértigo de lo frágil, el miedo a romper en vez de aportar. Pero mientras siga latiendo existen las opciones.

Es como si la rayita me guiñara el ojo una y otra vez, como si me dijera «aquí lo tienes». Los dedos empiezan a moverse sobre el teclado y, con el ritmo de un bailarín de claqué, aparece el esbozo de un inicio.

AGRADECIMIENTOS

A Paula Camino, por enseñarme que mientras existan unos ojos amorosos que te lean, vale la pena seguir escribiendo. Gracias por ser esa mirada tierna y por llevarme de la mano durante todo este viaje.

A mi familia, por su amor incondicional y ser mi mejor hinchada. A mamá, Nora Salazar, por transmitirme la curiosidad por las artes, el teatro y los libros, por haberme regalado libretas y diarios. A papá, Álvaro Asuero, por su consejo sensato y calmo, por ser una mano firme en mi brazo cada vez que me lanzo al mar. A mi hermano Andrés, por crecer a mi lado con amor y serenidad.

A David Andrés, por los vermús en Córdoba que descifraron el final de esta novela. A Érika Ambrosio, por brindarme un hogar en este lado del charco cada vez que lo he necesitado. A Pepe Tesoro, por su lectura y palabras de apoyo. A Gustavo Morales, por las conversaciones de escritura después de cerrar la librería. A Amalia Cáceres, por contenerme durante la corrección del manuscrito.

A Pris Miñana y Ana Olleta, por ser los primeros brazos que me acogieron en este lado del mundo.

A Álvaro, gracias por la mesa de escritora y las lecturas en voz alta.

A Camila Paz Obligado y los talleres de los jueves, por señalarme que ese «relato» era en realidad algo más grande.

A mis editores, en especial a David Gargallo, por haber tratado el texto con tanto cariño.

A mi agente, Carolina Mattolini, por apostar y velar por esta historia.

A la Fundación Antonio Gala por brindarme un cuarto propio. A mi tutora, Tania Padilla, por su acompañamiento y consejo. Y por sobre todo a mis compañeros: Juan, Sebas, Magu, Mary, Ale, Lucas, Diego, Ana Belén, Axel, Isa, María Jesús. Gracias por esos ocho meses en que nos permitimos jugar e imaginar y por demostrarme que la escritura no es un acto solitario. Gracias en especial a Julen Azcona, por la lectura de la primera versión del manuscrito y por haber sido un hermano mayor durante todo este proceso.

Y, por último, gracias a la Isi y a mis cabras, por enseñarme que la mejor historia de amor es la que sucede entre las amigas.

Índice

«Volver a los diecisiete
después de vivir un siglo...»

Violeta Parra